Gunnel Linde

Wie eine Hecke voll Himbeeren

50 Lieblingsbücher zum Vorlesen und Selberlesen | David Almond – Zeit des Mondes • **Vita Andersen** – Petruschkas Lackschuhe • **Kirsten Boie** – Mit Jakob wurde alles anders • **Robert Bolt** – Der kleine dicke Ritter • **Zoran Drvenkar** – touch the flame • **Michael Ende** – Der satanarchäolügenialkohöllische Wunschpunsch • **Willi Fährmann** – Der lange Weg des Lukas B. • **Cornelia Funke** – Potilla • **John Reynolds Gardiner** – Steinadler • **David Grossman** – Zickzackkind • **Josef Guggenmos** – Was denkt die Maus am Donnerstag? • **Peter Hacks** – Liebkind im Vogelnest • **Peter Härtling** – Das war der Hirbel • **Christoph Hein** – Das Wildpferd unterm Kachelofen • **Sigrid Heuck** – Saids Geschichte • **W. und H. Hohlbein** – Drachenfeuer • **Janosch** – Lari Fari Mogelzahn • **Tove Jansson** – Die Mumins. Eine drollige Gesellschaft • **Diana Wynne Jones** – Zauberstreit in Caprona • **Erich Kästner** – Pünktchen und Anton • **Klaus Kordon** – Die roten Matrosen • **Irina Korschunow** – Die Wawuschels mit den grünen Haaren • **James Krüss** – Mein Urgroßvater und ich • **Guus Kuijer** – Wir alle für immer zusammen • **Marjaleena Lembcke** – Als die Steine noch Vögel waren • **Gunnel Linde** – Wie eine Hecke voll Himbeeren • **Astrid Lindgren** – Kalle Blomquist Meisterdetektiv • **Hugh Lofting** – Doktor Dolittle und seine Tiere • **Paul Maar** – Der tätowierte Hund • **Patricia MacLachlan** – Schere, Stein, Papier • **Henning Mankell** – Der Hund, der unterwegs zu einem Stern war • **Tilde Michels** – Kleiner König Kalle Wirsch • **A. A. Milne** – Pu der Bär • **Christine Nöstlinger** – Konrad oder Das Kind aus der Konservenbüchse • **Sheila Och** – Das Salz der Erde und das dumme Schaf • **Gudrun Pausewang** – Die Wolke • **Benno Pludra** – Das Herz des Piraten • **Mirjam Pressler** – Wenn das Glück kommt, muss man ihm einen Stuhl hinstellen • **Jan Procházka** – David und der Weihnachtskarpfen • **Bjarne Reuter** – So einen wie mich kann man nicht von den Bäumen pflücken, sagt Buster • **Jutta Richter** – Der Hund mit dem gelben Herzen • **Rafik Schami** – Eine Hand voller Sterne • **Hermann Schulz** – Auf dem Strom • **Jerry Spinelli** – Taubenjagd • **Andreas Steinhöfel** – Die Mitte der Welt • **Karlijn Stoffels** – Mojsche und Rejsele • **Annika Thor** – Eine Insel im Meer • **Uwe Timm** – Der Schatz auf Pagensand • **Pamela L. Travers** – Mary Poppins • **Mats Wahl** – Winterbucht **| Ausgewählt von der Kinder- und Jugendbuchredaktion der Süddeutschen Zeitung | 2005 – 2006**

Gunnel Linde

Wie eine Hecke voll Himbeeren

Aus dem Schwedischen von
Birgitta Kicherer

Süddeutsche Zeitung Junge Bibliothek

Bibliografische Information Der Deutschen Bibliothek
Die Deutsche Bibliothek verzeichnet diese Publikation in der Deutschen Nationalbibliografie;
detaillierte bibliografische Daten sind im Internet über http://dnb.ddb.de abrufbar.

Lizenzausgabe der Süddeutschen Zeitung GmbH, München
für die Süddeutsche Zeitung Junge Bibliothek 2006

First published by Albert Bonniers Förlag, Stockholm, Sweden

Titelillustration: Kat Menschik
Umschlaggestaltung und Layout: Eberhard Wolf
Projektleitung: Dirk Rumberg
Produktmanagement: Gabriella Hoffmann, Sabine Sternagel
Redaktion: Roswitha Budeus-Budde, Hilde Elisabeth Menzel
Satz: vmi, Manfred Zech
Herstellung: Hermann Weixler, Herbert Schiffers
Druck und Bindearbeiten: Ebner & Spiegel, Ulm
Printed in Germany
ISBN-10: 3-86615-141-1
ISBN-13: 978-3-86615-141-3

Inhalt

Der Neue

Ich denke an die ganze Sache, als ob sie schon aus und vorbei wäre. Ich weiß nämlich, dass sie aufhören wird. Die Sache zwischen Pelle und mir. Ich sehe es, wie das Unglück in der Zukunft auf mich wartet, genau wie man einen schwarzen Mond etwas weiter vorne im Kalender sehen kann. Oder wie einen schwarzen Schatten hinter der Haustür, der auf einen wartet, wenn man spät nach Hause kommt – man sieht ihn genau, obwohl man noch viele Meter von der Haustür entfernt ist und noch nicht einmal den Hausschlüssel aus der Tasche geangelt hat. Ich weiß nicht, warum, aber ich weiß es eben. Mit Pelle und mir wird es bald aus sein.

Pelle geht seit zwei Jahren in meine Schule, und wir kennen uns genauso lange. Es begann gleich am ersten Tag, als er in unsere Klasse kam. Kaum hatte Herr Nilsson ihn neben Love auf den Platz vor mir gesetzt, da drehte Pelle sich schon um und klaute meinen Radiergummi. Er ließ ihn auf den Boden fallen, hob ihn wieder auf und sagte, ich würde ihn wiederbekommen, wenn ich auf die richtige Hand schlüge. Dann schummelte er natürlich und lachte dabei die ganze Zeit. Es war ihm piepegal, dass die ganze Klasse zusah. Mir war es auch piepegal. Ich versuchte, meinen Radiergummi mit Gewalt zu befreien. Da steckte er ihn in den Mund.

„Pass auf, dass ich ihn nicht verschlucke!“, sagte er.

Inzwischen hatte Herr Nilsson sich von seiner Verblüffung erholt. „Pelle Marosi!“, sagte er. „Wie wäre es, wenn du dich nach vorne umdrehen würdest?“

Pelle ist das Beste auf der Welt. Ist es nicht fantastisch, dass es ganz besondere Nasen gibt, die man überall wiedererkennen kann? Und besondere Ohren, die wie Blumen vom Kopf abstehen? Und Augen, die einen direkt von vorne oder rasch von der Seite und manchmal vom anderen Ende des Klassenzimmers ansehen können! Pelle hat blaue Augen, die ohne um Erlaubnis zu fragen überall herumschauen. Pelles Nase ist rund und dick, eine Spezialanfertigung, die ich auswendig kann. Pelle sieht immer gesund aus, er hat rote Backen wie ein kleines Kind. Und außerdem hat er den komischsten Mund der Welt – seine Lippen laufen nach oben spitz zu, und im Winter sind sie immer rau. Pelle kann viel weiter spucken als ich. Er kann durch die Zähne spucken und sich nach hinten fallen lassen, ohne sich mit den Armen abzufangen. Aber dafür kann ich meine Zehen knacken lassen, und das kann Pelle nicht. Da bin ich ihm eindeutig überlegen.

An jenem ersten Tag hatte er einen achteckigen Ring an, der aus einem abgesägten Messingrohr gemacht war. Den habe ich von Pelle bekommen.

Nach zwei Wochen kamen die Jungs eines Tages kichernd aus dem Werkunterricht zurück und führten sich unheimlich albern auf.

„Weißt du, dass Pelle einen Degen für dich macht?“, fragten sie. „Der hat was für dich übrig. Pelle ist in Sylvia Berg verknallt! Pelle ist in Sylvia Berg verknallt!“

Ich glaubte ihnen natürlich nicht. Man darf sich nicht gleich bluffen lassen. Aber ich hatte tatsächlich vor ein paar Tagen erwähnt, dass ich gerne einen Degen hätte. Bei den

Jungs war damals Fechten große Mode, und ich wurde immer schrecklich ungeduldig, wenn ich nicht mitmachen durfte. Es machte solchen Spaß, auf den Tischen herumzutoben. Aber meistens wollte mir kein Mensch seinen Degen leihen.

„Der könnte ja Mädchenbazillen abkriegen!“, sagten sie. Nur Love und Benka nicht, die sind in Ordnung. Manchmal durfte ich ihre Degen mal kurz leihen. Aber dann wollten die anderen Jungs nicht mit mir fechten, das half also auch nichts.

„Mit Mädchen kann man doch nicht kämpfen“, meinten sie.

Nein, natürlich nicht. Denn wenn sie richtig loslegen würden, dann hätte ich nichts zu lachen, behaupteten sie. Und wenn sie richtig loslegen und ich sie trotzdem besiegen würde, dann hätten sie nichts zu lachen! Dann hätten sie sich nämlich unsterblich blamiert! Aber das gaben sie natürlich nicht zu, das dachte ich mir nur. Wenn ich nur eine Weile toben darf, bis ich richtig wild werde, kann ich genauso gut fechten wie der ganze Haufen zusammen!

Eines Tages, als ich nach der Schule heimgehen wollte, sah ich, dass Pelle einen neuen Holzdegen unterm Arm hielt. Der Degen war aus einem glatt geschmirgelten Rundholz gemacht, mit einem Stück Sperrholz vor dem Griff, damit einem niemand auf die Finger schlagen konnte. Er sagte nichts, wühlte nur in den Kleidern herum, ohne seine Jacke zu finden, die direkt vor seiner Nase hing.

Vielleicht hat er es bereut und will den Degen selbst behalten, dachte ich. Oder vielleicht wollten die Jungs mich nur reinlegen.

Ich wusste nicht, ob ich auf dem Heimweg schnell oder langsam gehen sollte. Aber schließlich holte er mich doch ein.

„Hast du dir nicht einen Degen gewünscht?“

Dann ging er einfach davon.

Der Degen steht bei mir zu Hause im Schrank. Niemand darf ihn anrühren. Nie im Leben werde ich ihn zum Fechten in die Schule mitnehmen. Übrigens haben wir schon lange mit dem Fechten aufgehört. Das war nur damals. Als wir zwölf Jahre alt waren.

Danach wusste ich nicht, wie ich mich verhalten sollte. Es sollte ein Lehrbuch für Zwölfjährige geben: Die Kunst zu lieben. Kapitel I: Wie man auf einen hölzernen Degen antwortet. 1. Wenn er nicht bemalt ist. 2. Wenn *er* denselben Heimweg hat. 3. Wenn man selbst die Kindlichste in der Klasse ist, kurze Augenwimpern hat und sich nie die Haare stylt. Wie ich zum Beispiel.

Die Zeit verging, so wie sie in der Schule eben vergeht: lange, ausgedehnte Stunden, in denen nichts passiert, und viel zu kurze Pausen, in denen man innerhalb von zehn Minuten das ganze Leben nachholen muss.

Ich fing an, einen Lippenstift zu benutzen. Lila. Mama fragte, was ich denn mit meinem Gesicht angestellt hätte? Ob ich etwa meine Augenbrauen angemalt hätte? Da hörte ich auf, den Lippenstift zu benutzen. Ich kann ja nicht einmal eine Haarspange tragen, ohne mich dabei gleich affig zu fühlen.

Plötzlich war der erste Schnee da. Ich ging über den Spielplatz nach Hause und dachte an nichts Besonderes. Da pfiff mir ein Schneeball über den Kopf und fiel platt in den Schnee. Ich drehte mich um. Weit hinter mir gingen Pelle und Love. Sie wollten gerade wieder einen werfen. „Liebe fängt mit Schneebällen an“ ist eine stehende Redensart in unserer Klasse, aber das ist ja nichts Neues. Jetzt, viele Monate nach dem Holzdegen, war es wirklich an der Zeit, mit Schneebällen anzufangen. Und was meinte er überhaupt mit seinen Schneebällen? Ich wollte die beiden gar nicht beachten und ging etwas schneller, aber sie kamen rasch näher und pirschten sich sehr auffällig hinter den Bäumen an. Sie wollten, dass ich sie sehen sollte. Auf jeden Fall Pelle.

„Komm, wir seifen sie ein!"

Sie kamen angestürmt, und ich lief so schnell ich konnte davon.

„Ach was, lass sie doch in Ruhe", sagte Pelle und blieb stehen, als Love mich beinahe eingeholt hatte.

Ich stolperte und fiel in den Schnee.

„Du bist mit Absicht gestolpert", rief Love.

Er packte meinen Arm von hinten und wirbelte mich herum, damit Pelle mich besser einseifen konnte.

„Los, seif sie ein!", forderte er ihn auf.

Pelle stand da und fummelte mit dem Schnee in seiner Hand herum, sodass nur meine Nasenspitze etwas abbekam.

„Mensch, geh doch ordentlich ran!", rief Love.

Da kam eine Dame. Eine kleine, rundliche Dame, die glaubte, dass sie wusste, was sie tat.

„Lasst das Mädchen los!", sagte sie. „Zwei große Jungs gegen ein Mädchen! Zwei gegen einen, das ist feige. Schämt ihr euch denn nicht?"

Love und Pelle machten belämmerte Gesichter. Ich wollte sie verteidigen.

„Vielen Dank, aber Sie brauchen sich nicht einzumischen. Ich werd schon mit ihnen fertig."

Aber das war auch nicht gut.

Die Dame, die sich als rettender Engel gefühlt hatte, schrumpfte zu einem kleinen verängstigten Frauchen inmitten verrohter Jugendlicher zusammen. Sie flatterte hilflos mit den Armen. Die Jungs sahen noch belämmerter aus. Sie wollten wohl, dass ich tatsächlich vor ihnen Angst hatte. Die Dame ließ ihre Handtasche in den Schnee fallen. Wir sahen zu, wie sie sie aufhob. Dann sagte Love: „Ich glaube, ich lauf mal schnell zur Eishockeybahn rüber. Vielleicht ist sie schon gespritzt. Kommst du mit, Pelle?"

Pelle sagte, er müsse zum Essen nach Hause. Also gingen Pelle und ich zusammen heim. Weil wir ja denselben Heimweg haben.

Wir unterhielten uns über Bücher. Über die Agaton-Sax-Krimis. Pelle sagte, die würde er gerne mal lesen. Ich sagte, ich könne sie ja in die Schule mitbringen. Pelle sagte, das sei nicht nötig. Dann weiß ich nicht, was geschah. Wahrscheinlich kam meine Straßenecke angerast und überrumpelte Pelle. Und die Straßenöffnung sog mich in sich hinein wie die Öffnung eines Staubsaugerschlauchs. Bevor ich richtig wusste, was eigentlich los war, war ich zu Hause.

Manche Leute kommen gern zu uns nach Hause. Meine Freundin Maggan zum Beispiel. Einmal hat sie gesagt, das hätte damit zu tun, dass wir Berg-Undal heißen.

Berg nach Papa und Undal nach Mama.

„Ihr seid wie eine Berg-und-Tal-Bahn. Es kitzelt in der Magengrube, wenn man rauf- und runtersaust. Aber das ist nicht schlimm, das macht nur Spaß!", sagte Maggan.

Sie findet es gut, wenn mein Bruder Jeppe die Wurst mit der Faust aufs Butterbrot haut, sie hört gern zu, wenn Vesle, acht Jahre alt, mit sich selbst spricht, und sie liebt es, Charlie Karlsson auf dem Schoß zu haben. Das Ziel ihrer Träume ist, dass er mal eine ganze Stunde lang so sitzen bleibt und sie wie ein kleines Schmusekissen wärmt. Aber das tut er nie. Zweijährige kleine Jungs müssen andere Sachen machen. Sie müssen Briefe hinter die Heizkörper stecken, zum Beispiel, und Brotkrümel unter die Sofakissen schieben.

Ich selbst gehe viel lieber zu anderen Leuten. Ich mag es nicht, wenn alle unsere lebenswichtigen Kräche mitkriegen. Die meisten verstehen sowieso nicht, um was es dabei geht. Oder sie bekommen Angst und glauben, es sei bitterer Ernst, wenn wir uns so anbrüllen. Mama sagt, das ließe sich eben nicht vermeiden. Wer sein Seelenheil nicht für einen Pfifferling verkaufen wolle, müsse bereit sein, seine Ansichten zu verteidigen. Streit ist nichts Schlimmes, sagt sie immer, das ist nur eine Art Gehirngymnastik. Aber das verstehen vielleicht nicht alle.

Maggan und ich waren alleine bei mir zu Hause. Als das Telefon läutete, war es Love. „Du hast gesagt, Pelle dürfe deine Agaton-Sax-Bücher leihen. Wir kommen jetzt rauf und holen sie."

Dann folgte unzusammenhängendes Gemurmel und Gequatsche und Gekicher, bis sie endlich auflegten.

Maggan und ich benahmen uns wie kopflose Hühner. Wir kämmten uns und strichen den Bettüberwurf glatt und überlegten, wo und wie wir sitzen sollten. Ich suchte die verflixten Bücher heraus und hielt sie parat. Dann fiel mir ein, wie idiotisch es wirken musste, wenn ich sie ihnen gleich als Erstes entgegenstreckte. Also legte ich sie wieder an ihre verschiedenen Plätze zurück.

Es dauerte ewig, bis sie kamen. Schließlich mussten wir nachschauen, wo sie blieben. Wir zogen das Rollo vor Vesles Fenster herunter und bohrten mit einem Taschenmesser Löcher hinein. Winzig kleine Löcher.

Da kamen sie anmarschiert. Jeder machte abwechselnd ein paar Schritte, und immer wieder unterbrachen sie sich, weil sie sich darum rauften, wer die nächsten Schritte machen musste. Einmal lief Pelle zurück, da schleppte Love ihn wieder her. Als sie bei unserer Tür ankamen, blieben sie stehen und knobelten sechsmal. Wir standen hinter der Tür und warteten auf das Klingeln. Schließlich kamen sie herein. Dann alberten wir zwei Stunden lang herum. Ich habe keine Ahnung mehr, was wir eigentlich machten. Wahrscheinlich suchten wir nach den Büchern. Maggan räusperte sich andauernd, und Pelle lachte nur. Pelle ist umwerfend, wenn er lacht. Sein Lachen hört nie auf. Er lacht wirklich. Dann lachten wir alle vier. Als sie gingen, wollte ich ihnen alle drei Agaton-Sax-Bände mitgeben. Doch da sagte Love: „Das brauchst du mit uns nicht zu versuchen! Immer schön der Reihe nach, ein Band nach dem anderen!“

Und dann lachte Pelle wieder.

Das war damals! Es ist einfach großartig, wenn etwas gerade angefangen hat. In dem Augenblick kann es ja noch nicht aufhören.

Viel zu jung für die Liebe ...

Wenn etwas Schönes anfängt, wird es plötzlich immer mehr und mehr, es taucht überall auf, und man kommt aus dem Staunen nicht heraus. Eines Tages, als ich von der Schule nach Hause schlenderte und in die Schaufenster guckte, hing eine Zeitschrift im Tabakwarenladen. Eine mit zwei kleinen Kindern auf dem Titelbild. Sie standen eng aneinander gepresst, Bauch an Bauch, und küssten sich! Ein kleiner Junge und ein kleines Mädchen. Ich dachte an Pelle und mich, als ich das Bild sah. Ich dachte daran, dass alle Leute glaubten, wir wären zu jung, um uns richtig lieb haben zu können. Dass wir uns noch nicht geküsst hatten. Dann ging ich nach Hause und legte mich aufs Bett und dachte an das Bild.

Da klingelte jemand an der Haustür. Ich rührte mich nicht, ich hatte nämlich keine Zeit. Ich musste an mein Bild denken. Mama brüllte, Jeppe schrie, er sei auf dem Klo, und Vesle lief hin. Ich hörte, dass sie einer Jungenstimme aufmachte, die kurz mit ihr sprach. Die Stimme kam die Treppe herauf. Sie sagte: „Nein, ich will es selbst abgeben. Wo ist sie denn?"

Plötzlich stand Pelle in der Tür, und Vesle war auch im Zimmer.

„Ist das der, der Pelle heißt?", fragte Vesle.

Als ob *sie* seinen Namen wissen müsste! *Sie,* die ihn doch noch nie gesehen hatte! Jetzt konnte er sich natürlich denken, dass ich über ihn gesprochen hatte!

Mama glaubte, er sei der Laufbursche vom Elektriker, der den Staubsauger abholen wollte. Sie kam damit angeschleppt und drückte Pelle den ganzen Kram wortlos in die Hand. Und dann kam Jeppe aus dem Klo herausgebraust und schrie: „Was ist hier los?"

Pelle blieb einfach stehen und sagte nichts. Wahrscheinlich hatte er vollauf damit zu tun, nicht rot zu werden, nicht davonzulaufen und sich nicht zu blamieren. Da konnte er ja nicht auch noch etwas sagen. Am liebsten hätte ich die anderen alle zum Fenster hinausgeworfen, aber nicht so, dass Pelle es sah.

Plötzlich sagte Pelle: „Aha, hier soll also gestaubsaugt werden? Und dabei kann ich das überhaupt nicht! Vielleicht krieg ich es hin, wenn ich es in irgendeinem ganz kleinen Zimmer versuchen darf ... und wenn niemand zuschaut!"

Da traten Mama und Vesle den Rückzug an, nur Jeppe

nicht. Ihn musste Pelle rauswerfen. Und dann stand er da mit seinem Staubsauger.

Jetzt sahen Pelle und ich uns ganz alleine an. Ohne Love und Maggan, ohne alle Leute, die einen dauernd unterbrechen und mit einem reden wollen. Es war ein anstrengender Augenblick. Wie wenn man von vorne überfahren wird. Pelle lachte überhaupt nicht. Ich auch nicht. Schließlich setzte ich mich aufs Bett. Da schaltete Pelle den Staubsauger an. Er begann in einer Ecke und staubsaugte sich an der Wand entlang bis an das Bett. Dann staubsaugte er an meinem Bein herauf und dann an meinem Pulli, bis der Staubsauger fast erstickte.

Endlich begann er wieder zu lachen! Er versuchte, mich ganz und gar zu staubsaugen. Ich musste mit dem Staubsauger kämpfen. Als wir den Pulli herausgezogen hatten und das Mundstück wieder Luft schlürfen konnte, wollte Pelle mir den Pulliärmel ausziehen, damit er zu einem Rüssel wurde. Der Pulliärmel sei auch ein Staubsauger, behauptete Pelle, und jetzt müssten beide Staubsauger sich begrüßen. Aber ich streckte schnell die Hand wieder durch den Ärmel, bevor Pelle dazu kam, ihn aufzusaugen. Da setzte Pelle sich neben mich auf die Bettkante und fragte: „Hast du die neue ‚Frau im Heim‘ schon gesehen?“

„Jaa.“

„Woran hast du gedacht, als du das Bild gesehen hast?“

„Woran hast *du* gedacht?“

„Also, ich musste an das Lied denken: ‚Viel zu jung für die Liebe, und doch schon verliebt …‘“

Und dann küssten wir uns nicht. Wir sahen uns nur hundert Augenblicke lang an – ohne zu lachen. Ich habe Pelle noch nie so ernst gesehen, weder zuvor noch danach.

Der Staubsauger saugte plötzlich meine Halsketten auf

der Kommode in sich hinein. Wir machten ihn aus, und Pelle stand auf. Er öffnete die Tür und ging hinaus. Draußen war kein Mensch zu sehen. Alle waren wie vom Erdboden verschluckt oder einkaufen gegangen.

Jetzt wussten wir nicht mehr, was wir tun sollten. Wir gingen ins Wohnzimmer und machten das Radio an. Und was kam? Genau das! „Viel zu jung für die Liebe …!“

Langsam glaubte ich, dass Mama vielleicht doch Recht hatte, wenn sie behauptete, die Zeit der Wunder sei noch nicht vorbei. Und sie muss ja eigentlich wissen, wovon sie spricht. (Mama ist einmal vom vierten Stock aus dem Fenster gefallen, als sie vier Jahre alt war und ihre Porzellankatze retten wollte, die zuerst hinausfiel. Aber die Hausmeistersfrau hatte direkt unterhalb des Fensters ihr Bettzeug zum Lüften ausgebreitet, so war Mama mit heiler Haut davongekommen.

„Ihr könnt euch gar nicht vorstellen, wie herrlich es war, aus dem Fenster zu fallen“, sagt Mama. Seither ist sie immer so leichtsinnig.)

Pelle und ich setzten uns wieder hin. Aufs Sofa. Pelle behauptete, ich hätte ihn das erste Mal geküsst. Aber ich behaupte, dass er es war, der mich küsste. Es ging so schnell, dass wir kaum wussten, wie es geschah.

Von da an begann Pelle, mich ab und zu zu besuchen. Jedes Mal, wenn er kam, hatte er ein Agaton-Sax-Buch dabei.

Und jedes Mal, wenn er ging, nahm er es wieder mit. Manchmal tat ich so, als wolle ich das Buch in mein Regal stellen, doch da nahm Pelle es wieder heraus und sagte, er brauche Lektüre für den Heimweg. Mama nannte ihn den Buchträger. Und Vesle fing an, überall ein Buch mit sich herumzuschleppen: „Der kleine Bär und seine Freundin“. Sie behauptete, Pelle würde auf sie abfärben.

In der Schule war alles ganz anders. Ich konnte mich nicht daran gewöhnen, dass Pelle in meiner Klasse war. In der Schule war er ein ganz anderer Pelle. Ein Rührmichnichtan-Pelle, der mir ganz schrecklich auf die Nerven ging. Ich musste die ganze Zeit zeichnen, um ruhig zu bleiben. Das tue ich sowieso immer, um nicht einzuschlafen, wenn die Lehrer ihre Werweißammeisten-Schau abziehen. Wenn ich zeichne, kann ich besser zuhören. Seit der Sache mit Pelle begann ich eine neue Art Mädchen zu zeichnen – nicht mehr die üblichen dämlichen Puppen. Jetzt zeichnete ich schöne Wildinnen mit wehenden Haaren, die mit dem ganzen Körper tanzten. Aber wenn ich die zeichnete, konnte ich überhaupt nicht mehr aufpassen, weil es unerhört wichtig war, dass sie genauso wurden, wie ich es mir vorgestellt hatte. Die Lehrer waren nur noch ein weit entferntes Säuseln. Der Zeichenlehrer war der Einzige, den ich wahrnahm. Er sagte, ich hätte noch nie so gut gezeichnet. Und der Schwedischlehrer wollte mir eine Miniwildin abkaufen, die er hinten im Aufsatzheft gefunden hatte. Ende des Schuljahres bekam ich in Zeichnen und Schwedisch eine bessere Note, in Mathe dagegen eine schlechtere. Ich musste nämlich allen Zahlen Gesichter zeichnen, bevor ich mit ihnen rechnen konnte. Und wenn die Zahlen nicht die gleiche Nase hatten wie Pelle, musste ich sie ausradieren und noch mal zeichnen. Mit der Zeit wurden die Nasen besser.

Gleichzeitig wurden alle Menschen freundlicher. Ausgerechnet zu mir. Die Lehrer fuhren mir durchs Haar und lachten mir zu. Manche Menschen begannen mir schon von weitem zuzulächeln, wenn ich auf der Straße ging. Wahrscheinlich lief ich, ohne es zu wissen, mit einem glücklichen Gesicht herum. Und die Jungs in der Klasse veränderten sich. Sie redeten auf einmal so mit mir, als ob ich Carina wäre, der Star unserer Klasse. Plötzlich wollten sie, dass ich ihnen die Hausaufgaben zeigte.

Bertil führte neuerdings seinen jungen Dackel in meiner Straße aus. Das fand ich ziemlich komisch, weil er ja in einer ganz anderen Gegend wohnt. Den wahren Grund kapierte ich nicht. Vesle, die immer hinausrennt und alle jungen Hunde streichelt, kam herein und verkündete, Bertil ginge nur wegen mir draußen spazieren. Er wollte, dass ich hinauskommen und Topsie anschauen sollte.

„Ich kann doch nicht hinausgehen und Bertils jungen Hund streicheln, wenn Pelle derjenige ist, den ich gern habe", erklärte ich. „Du musst ihm sagen, dass ich keine Dackel mag."

„Sag ihm, wir finden diese wandelnden Brotlaibe total scheußlich", schlug Pelle vor.

„Nein, er kann einem ja Leid tun", sagte ich. „Bring es ihm so nett wie möglich bei."

Aber Vesle sagte nichts von alledem.

„Ich hab gesagt, du sitzt gerade in der Badewanne", berichtete sie. Und das nächste Mal sagte sie, ich würde schlafen, und dann, dass ich gerade Mandelschnitten backe.

„Du spinnst wohl!", sagte ich schließlich zu ihr. „Stell dir vor, wenn er jetzt reinkommen will!"

„Ja, das wollte er auch, aber ich sagte, die Mandelschnitten wären für unseren Besuch. Aber er kann doch trotzdem wenigstens eine klitzekleine Mandelschnitte bekommen? Bitte!"

„Wir haben doch gar keine Mandelschnitten! Die hast du doch bloß erfunden!"

„Ach ja, stimmt", sagte Vesle enttäuscht.

Beim nächsten Mal klemmte sie sich „Der kleine Bär und seine Freundin" unter den Arm, als sie hinausging, um den jungen Hund zu streicheln. Ich fragte, wozu das denn gut sein sollte. Vesle erklärte, Bertil würde ihr Buch vielleicht sehen und dann draufkommen, dass Pelle immer mit einem Buch unter dem Arm zu uns käme. Dann müsste sie Bertil nicht extra klar machen, dass Pelle mein Freund sei.

„Und was tust du, wenn dir keine Ausreden mehr einfallen?“, erkundigte ich mich.

„Dann weine ich“, sagte Vesle. „Du musst ihn gern haben. Nur ein kleines bisschen, ja? Nur das nächste Mal?!“

„Aber das kann ich nicht“, sagte ich. „Das geht nicht. Ich mag nur Pelle. Nur, nur, nur Pelle!“

Ich wurde doch etwas ängstlich, als ich Vesle so reden hörte. Vielleicht hatte Bertil mich jetzt genauso gern, wie ich Pelle gern hatte? Was würde dann passieren? Ich spürte, dass man nicht viel dagegen tun konnte. Ich konnte ja auch nichts dafür, dass ich nur Pelle gern hatte.

Eines Abends hörte ich, wie Mama Vesle vor dem Einschlafen tröstete. Mama sitzt bei jedem von uns abends noch ein Weilchen am Bett, bevor wir uns den Gutenachtkuss geben. Im Dunkeln kann man sich so gut unterhalten.

„Weißt du auch ganz bestimmt, dass dir nicht vor allem der niedliche kleine Hund Leid tut?“, hörte ich sie sagen. „Bertil findet bestimmt ein anderes Mädchen, wenn er aufgehört hat, Sylvia gern zu haben. Man kann viele Menschen gern haben.“

Ich blieb auf dem Weg in mein Zimmer stehen und überlegte, ob ich außer Pelle jemanden gern haben könnte. Nie im Leben, das wusste ich.

Eines schönen Tages passierte etwas. Unser Mathelehrer war hinausgegangen, um etwas zu holen, und alle rasten durchs Klassenzimmer und tobten herum. Bertil ging vor an die

Tafel. Er begann ein Herz zu zeichnen und seinen Namen hineinzuschreiben. Dann schrieb er auch meinen Namen hinein. Die ganze Klasse sah zu, und plötzlich herrschte Totenstille im Zimmer. Bertil machte ein triumphierendes Gesicht. Da marschierte ich nach vorn und wischte das Ganze weg.

„Das schreibst du nicht hin!“, sagte ich.

„Jetzt ist alles aus zwischen dir und mir“, sagte Bertil mit lauter Stimme. Als ob zwischen uns jemals etwas gewesen wäre. Er wollte natürlich, dass die anderen genau das glauben sollten. Und er wollte derjenige sein, der über mich und die ganze Geschichte bestimmte, obwohl es gar nichts gab, worüber er bestimmen konnte.

Ich sagte kein Wort. Von mir aus sollte er „Schluss machen“. Vielleicht würde er sich dann hinterher besser fühlen. Jetzt brauchte ich wenigstens kein Mitleid mehr mit ihm zu haben. Unglaublich, mich einfach gegen meinen Willen für sich in Anspruch nehmen zu wollen. Während Pelle dabei war!

An jenem Tag ging ich zum ersten Mal mit Pelle zu ihm nach Hause. Er wohnte in einem Mietshaus mit blauen Wänden und schwarz-weißen Steinfliesen im Treppenhaus. Dort küssten wir uns ausgiebig, bevor wir in die Wohnung gingen, für den Fall, dass jemand daheim sein sollte und wir nachher keine Gelegenheit mehr haben würden.

Seine Mutter war zu Hause. Sie wühlte gerade in einem Karton mit fünfundzwanzig Paar Handschuhen, die sie mit zehn Regenschirmen für zehn Kronen bei einer Versteigerung des Fundbüros gekauft hatte. Sie war klein und eifrig und lachte und schwatzte die ganze Zeit. Es roch auf eine ganz besondere Art, wie es nur in der Marosiwohnung riechen kann. Pelle hatte selbst gemachte Möbel in seinem

Zimmer, einen Stuhl aus Sattelgurtriemen, den er selbst zusammengeschustert hatte, und eine Lampe, die sich spiralenförmig in die Höhe wand. Pelles Zimmer war herrlich unaufgeräumt. Das gefällt mir. So ist es bei uns daheim auch. Das zeigt, dass niemand in der Familie ein Putzteufel oder ein Kinderbändiger ist. Dass man in Ruhe gelassen wird.

Seine Mutter, Millie, sah mich an. Dann schenkte sie mir drei Paar Handschuhe und zwei Regenschirme. Wir ließen die Tür zu Pelles Zimmer offen, damit sie sich keine Sorgen zu machen brauchte.

Nach einer Weile rief Frau Marosi, wir könnten zum Tee kommen. Sie hatte eine Blechdose voller Weihnachtspfefferkuchen. Ein Pfefferkuchen hatte die Form eines Männchens mit einem großen Herzen auf der Brust. Den hatte Pelle gemacht.

„Den musst du unbedingt Sylvia geben“, sagte sie. Und dann lachten sie alle beide.

Pelles Vater, Gusten, kam ungefähr eine Stunde später nach Hause. Er war kräftig und untersetzt und hatte müde, freundliche Augen.

Er fragte, ob ich zum Abendessen dableiben wolle. Und das wollte ich. Hinterher luden sie uns ins Kino ein.

Pelle ärgerte sich über seine Mutter, weil sie in einen anderen Film gehen wollte als Gusten. Auf der Straße schimpfte er mit ihr. Mir macht es Spaß, Pelle zuzuhören, wenn er mit anderen Leuten spricht. Dabei kann ich herausfinden, wie er wirklich ist. Wir gingen zu zweit, Millie und Gusten voraus, ich und Pelle hinterher.

Plötzlich drehte Millie sich um und fragte uns: „Wie ist das eigentlich? Küsst ihr euch schon?“

„So etwas fragt man doch nicht!“, sagte Gusten.

Als ich nach Hause kam, stand Papa hinter der Tür und sah lebensgefährlich aus. Zuerst war mir gar nicht klar, dass ich diejenige war, auf die er wütend war.

„Wo bist du gewesen?“, fauchte er. „Hast du dich wieder mit diesem Pelle herumgetrieben, der dich von den Schularbeiten abhält? Ihr wart doch nicht etwa bei ihm in der Wohnung?“

„Doch“, sagte ich natürlich.

„Da gehst du mir kein zweites Mal hin!“, schrie Papa. „Dann kriegst du’s mit mir zu tun! Ich will nicht, dass du dich mit dreizehn Jahren schon mit Jungs herumtreibst!“

„Ich treibe mich nicht mit Jungs herum“, protestierte ich. „Ich bin mit Pelle zusammen. Willst du etwa behaupten, dass ich niemanden gern haben darf?“

„Ja, genau das will ich“, sagte Papa. „Damit kannst du warten, bis du volljährig bist.“

„Wie soll ich das denn anstellen? Ich kann mein Gernhaben doch nicht einfach abschrauben, oder? Wenn man jemanden gern hat, dann hat man ihn eben gern!“

Jetzt kam Mama die Treppe herunter.

„Wie ist das eigentlich?“, fragte ich. „Soll das Leben Spaß machen oder nicht?“

„Natürlich soll es Spaß machen“, sagte Mama. „Davon wird man nämlich froh und freundlich.“

„Darum geht es hier gar nicht. Ich muss schließlich dafür sorgen, dass meine Kinder keine Schwierigkeiten bekommen“, sagte Papa.

„Dann musst du uns auch den Spaß gönnen“, meinte ich. „Und nichts auf der Welt macht mir mehr Spaß als Pelle.“

„Na klar“, sagte Mama. „Man darf anderen Menschen nie die Freude verderben. Die Freude kann man später nicht mehr ersetzen!“

Und damit begann einer unserer lebenswichtigen Kräche.

Er dauerte fast eine Stunde und endete damit, dass Papa hinausging und die Tür hinter sich zuknallte. Er ist nämlich Lokführer und hatte an diesem Abend eine Tour nach Nordschweden.

Dann fragte ich Mama, wie Großmutter wissen konnte, dass sie Papa auf den Namen Ernst taufen musste. „Woher konnte sie wissen, dass er alles immer so schrecklich ernst nehmen würde? Oder lag er schon mit grimmiger Miene in der Wiege?"

„Vielleicht dachte sie an den ‚Ernst des Lebens'", meinte Mama. „Darüber wusste Großmutter Bescheid. Vergiss nicht, dass sie Papa alleine zu Hause auf dem Fußboden zur Welt bringen musste, während Großvater als Holzfäller unterwegs war. Vielleicht fand sie auch, dass Ernst Berg schön klang ..."

„Aber ich will nichts vom Ernst des Lebens wissen! Ich möchte Spaß und Freude haben, und damit basta!", sagte ich.

„Help yourself", sagte Mama.

Ein glücklicher Zufall

Das Schlimme am Spaß ist, dass man sofort wieder Spaß haben will. Noch einmal. Jetzt sofort! Noch mehr Spaß! Mehr und mehr Spaß! Man wird süchtig danach. Wenn man erfahren hat, wie es ist, wenn alles Spaß macht, dann empfindet man jede Minute, in der nichts Schönes passiert, als vergeudete Zeit. Gleich beim Aufwachen sieht man sich nach irgendeinem Spaß um. Man wartet auf ein kleines, kugeliges Gelächter oder auf irgendetwas Spannendes mit Pfiff. Und alles ist unheimlich aufregend und schön.

Pelle und ich, wir sorgten dafür, dass uns nichts entging. Eine Woche nach der anderen. Wenn er nicht bei mir war, war ich bei ihm. Dann hatten wir Glück. Pelle bekam Ärger mit dem Knie. Im Frühling, als alle Jungs wie verrückt Fußball spielten, kickte Love ihm die Kniescheibe kaputt, als Pelle im Tor stand. Pelle musste sich das ganze Bein eingipsen lassen und daheim liegen. Tagsüber war er meistens allein, weil sein Vater einen Laden hatte und seine Mutter dort mitarbeitete.

Immer wenn ich in der Schule eine Freistunde hatte, lief ich zu Pelle. Manchmal, wenn es zu wenig Freistunden gab, nahm ich mir selbst welche – in Mathe zum Beispiel – und lief schnurstracks zu Pelle hinauf.

Pelle machte meistens Schularbeiten oder las. Ich sagte ihm, er solle lieber nur Schularbeiten machen, beim Lesen von Büchern könnte ich ihm helfen. Ich wollte nicht, dass er in der Schule schlechter würde und dass seine Mutter und mein Vater Recht behielten.

Unsere Familien hatten inzwischen angefangen, sich in die Sache mit Pelle und mir einzumischen. Pelles Mutter hatte meine Eltern einmal zum Abendessen eingeladen. Das war an und für sich ein Glück, so konnte Papa sich wenigstens überzeugen, dass Millie und Gusten keine wahnsinnigen oder unmöglichen oder verdächtigen Typen sind, oder was er auch immer vermutet hatte. Und so musste er auch Pelle einmal ausgiebig anschauen. Papa ist ja so oft unterwegs. Er hatte Pelle kaum gesehen. Aber man merkte, dass er viel über ihn nachdachte.

Manchmal sagte er: „Als ich am Donnerstag in Haparanda war, musste ich daran denken, dass die jungen Leute heutzutage alle völlig durchdrehen ...“, oder: „Auf dem Heimweg von Ange sah ich auf einer Zwischenstation zufällig so einen Lümmel ...“

Immer hat er irgendeinen verdächtigen jungen Kerl gesehen oder irgendein Mädchen, das „sich ins Unglück gestürzt hat“, wie Papa es ausdrückt. Dabei hatte er dann wohl an mich und Pelle gedacht. Einmal erzählte er, er sei aus der Lok ausgestiegen, als ein paar Burschen in Pelles Alter auf dem Bahnsteig herumgegrölt hätten. Er sei zu ihnen hingegangen und habe ihnen „eine Standpauke“ gehalten, erzählte er.

„Vor allem einer der Flegel ging mir auf die Nerven. Am liebsten hätte ich ihm eine geschmiert“, sagte Papa.

Ich bekam richtig Angst, als ich ihn hörte.

„Wo nimmst du bloß all deine Wut her?“, fragte Mama. „Was ist denn mit dir los? Du kannst doch nicht einfach irgendwelche jungen Leute, die du nicht einmal kennst, so verabscheuen?“

Damit begann einer ihrer lebenswichtigen Kräche.

Das Essen bei Marosis ging ganz gut. Es gab Braten mit verschiedenen Soßen. Das findet Millie vornehm. Und zum Nachtisch gab es Sahnebaisers. Da wurde Papa sauer.

„Bildet die sich etwa ein, das sei eine Verlobungsfeier gewesen?“, brummte er hinterher.

Während des Essens sagte er nicht besonders viel. Ich brachte kaum etwas herunter, weil mir so viel durch den Kopf ging. Und Pelle fand das Ganze langweilig, das sah ich ihm an. Nach dem Essen unterhielten sie sich darüber, was sie tun sollten, damit Pelle und ich die Schule nicht zu sehr vernachlässigten. Sie kamen zu dem Ergebnis, dass Pelle mit mir Mathe büffeln könnte, weil er so gut in Mathe ist, und ich könnte dafür mit ihm Französisch büffeln. Oje.

Ihrer Ansicht nach war damit alles bestens geregelt. Wir sollten uns höchstens einmal in der Woche treffen, mehr nicht. Immer freitags. Das bestimmte Pelles Mutter.

„Bist du nun zufrieden?“, fragte ich Papa auf dem Heimweg.

„Zufrieden?“, schnaubte Papa. „Wenn die einfach bestimmen, dass du diesen Grünschnabel einmal in der Woche treffen sollst! Und Mama sagt zu allem ja und amen! Du kannst dich gefälligst an deine Familie halten. Die ist gut genug für dich! Du bist ja noch nicht einmal vierzehn!“

Aber in diesem Augenblick hatte ich einfach keine Lust auf einen lebenswichtigen Krach. Ob es wohl besser werden würde, wenn ich endlich vierzehn wäre?

Auf jeden Fall waren die Freitage schön. Wir waren abwechselnd einmal bei Pelle und einmal bei mir. Aber Mathe war sogar mit Pelle fürchterlich. Ich hasse es, wenn ich etwas nicht kann, und wenn Pelle zusah, mochte ich es nicht einmal versuchen. Pelle wurde es bald langweilig, das ganze Zahlenzeug immer nur alleine zu kapieren, und er rechnete die Aufgaben deshalb gleich für mich aus. Aber Französisch nahmen wir ernst. Ich saß auf Pelles Schoß und hielt das Buch hinter seinen Rücken, damit er die französischen Vokabeln nicht sehen konnte. Und dann sagte ich: „So, und jetzt sag mir das Passé simple von venir!“

Pelle starrte hilflos in die Luft, bis ich die Antwort stumm vor mich hinsagte. Da las er sie mir natürlich von den Lippen ab und gab mir jedes Mal die richtige Antwort. Zuerst war ich erstaunt, dass er die Vokabeln so schnell gelernt hatte, doch dann kam ich ihm auf die Schliche. Da lachte er sich halb kaputt. Und dann mussten wir eine Pause einlegen, um uns zu küssen. Aber ein bisschen lernten wir trotzdem dabei.

Bei Pelle ging es gesitteter zu. Da konnte ich sogar durch die Wand hindurch hören, was seine Mutter dachte. Sie hatte mich einmal, als Pelle nicht daheim war, angerufen und gesagt, ich würde doch sicher verstehen, dass Pelle unbedingt fleißig lernen müsse. Ich dürfe aber niemandem sagen, dass sie angerufen hatte. Vor allem Pelle nicht, er hätte es auf keinen Fall gewollt. Aber sie müsse mir das einfach sagen.

Pelle hatte jetzt nicht mehr das Buch unterm Arm, wenn er kam. Ich erzählte ihm, dass seine Mutter angerufen hatte. Da machte er ein ganz komisches Gesicht. Vielleicht hatte er doch davon gewusst? Er sagte: „Ich habe sie nicht darum gebeten, sich einzumischen …"

Mama begann auch, Anspielungen zu machen.

„Wie wäre es, wenn du wieder mal ein paar Hausaufgaben machen würdest?", fragte sie, als ich auf meinem Stuhl saß und Löcher in die Luft starrte.

Die einzige Möglichkeit, sich selbst zum Büffeln zu bringen, ist natürlich, eine Joplinplatte oder etwas Ähnliches aufzulegen und zu büffeln, während man tanzt. Es ist überhaupt kein Problem, zwei Sachen auf einmal zu tun. Nur drei Sachen auf einmal, das geht nicht. Wenn man zusätzlich noch an den Ernst des Lebens denken will, dann klappt das einfach nicht.

Damals, als wir noch dreizehn waren, begannen Maggan und ich uns ziemlich viel über den Ernst des Lebens zu unterhalten. Das tun wir immer noch. Wir begleiten uns gegenseitig nach Hause. Zuerst gehen wir nach der Schule schnurstracks zu ihr nach Hause, weil ihre Mutter das so will. Dann gehen wir schnurstracks zu mir nach Hause und kaufen uns unterwegs ein Eis. Und danach gehen wir wieder schnurstracks zu Maggan zurück, nehmen dabei aber einen anderen Weg. Ich erzähle ihr von Pelle. Und dann erzählt sie mir von einem Jungen, der Rejne heißt. Er wohnt auf dem Land, wo sie ihr Sommerhaus haben. Und nach solchen Gesprächen können wir dann an nichts anderes mehr denken.

Maggans Vater ist Professor für irgendwas und hat eine Traumvilla mit Innenhof und einem Dach wie eine Schlittenbahn. Die Traumvilla liegt am schönsten Fleck der Gegend, wo sie immer ihre Sommerferien verbringen. Rejne ist Plattenleger und hat in ihrem Traumhaus die Fliesen gelegt. Maggans Mutter findet es unmöglich, dass Maggan Rejne trifft. Sie findet ihn nicht fein genug, sagt Maggan. Maggan will, dass ich diese Sommerferien mitkomme in die Traumvilla, damit sie abends mit mir ausgehen und Rejne treffen kann.

„Natürlich kann ich nicht mein ganzes Leben lang mit Rejne gehen“, sagte Maggan. „Aber gerade jetzt habe ich Lust dazu.“

„Warum nicht? Warum kannst du das nicht?“

„Weil er Plattenleger ist, natürlich“, sagt Maggan. „Ich kann doch schließlich keinen Plattenleger heiraten, oder?“

„Bist du denn nicht in Rejne verknallt?“, fragte ich.

„Doch“, sagte Maggan. „Aber ich kann meine Eltern schon verstehen. Und außerdem will ich einen Arzt heiraten.“

Ich finde es ekelhaft, wenn sie so daherredet und sich danach richtet, was ihre Alten verlangen. Entweder sie ist in Rejne verknallt oder nicht. Und wenn sie in ihn verknallt ist, muss sie doch zu ihm halten, oder nicht? Woher will sie denn wissen, dass sie sich in diesen Arzt verknallen wird, den sie bisher noch nicht einmal gesehen hat? Vielleicht ist der stinklangweilig und unterhält sich tagelang nur über Hustensaft! Aber Maggan ist da komisch, immer richtet sie sich nach ihren Eltern. Manchmal weint sie, weil ihre Mutter ihre kleine Schwester verhaut, wenn sie ins Bett gemacht hat.

„Aber ich werde bestimmt genauso, wenn ich später mal Kinder habe!", sagt Maggan und weint, wenn sie nur daran denkt. „Es ist so schrecklich, wenn Lillan losschreit und dann nicht mehr aufhören kann. Schließlich muss meine Mutter sie in den Schrank sperren, damit sie aufhört. Aber das ist noch schrecklicher, weil Lillan dann keinen Mucks mehr von sich gibt!"

„Sag ihr, hier in Schweden ist es verboten, Kinder zu schlagen", schlage ich vor. „Das hat Mama gesagt. Übrigens steht das auch im Schulgesetz!"

„Mit meiner Mutter kann man einfach nicht reden", schluchzt Maggan. „Sie kommt mir vor, als wäre sie nicht ganz bei Trost."

„Aber dann brauchst du doch nicht genauso zu werden?"

„Vielleicht muss ich das einfach!", weint Maggan.

Wir müssen den ganzen Weg noch einmal gehen, damit man ihr daheim nicht ansieht, dass sie geweint hat. Maggan weint gern und viel, aber sie wagt es einfach nicht umzudenken. Wenn wir ins Kino gehen, will sie am liebsten rührselige Filme sehen, damit sie richtig schön weinen kann.

Einmal ging die ganze Klasse ins Kino, weil unsere Englischlehrerin einen alten Film aus ihrer Jugendzeit sehen wollte, in dem ein besonders gutes Englisch gesprochen würde. Er wäre bestimmt nützlich für uns. „Waterloo Bridge" hieß er, ein völlig bescheuerter Film über einen jungen Typen und ein Mädchen, die sich liebten, und dann musste er in den Krieg ziehen, und da ging sie mit anderen Typen, weil sie glaubte, er sei tot. Als er nicht tot war, sondern zurückkam, war es zwischen ihnen aus, nur wegen der anderen Typen! Obwohl die beiden sich immer noch liebten! In meinem Leben habe ich noch keinen so idiotischen Film gesehen! Mit den dämlichsten Personen drin, die man sich nur vorstellen kann! Wie dumm darf man eigentlich sein? Wenn man sich wiederfindet und der ganze Todesfall nur ein Missverständnis war, dann ist man doch selbst schuld, wenn man sich durch lächerliche Kleinigkeiten alles verderben lässt!

Maggan heulte wie ein Schlosshund und fand den Film wunderbar. Carina sagte, so was Schönes wie diesen Robert Taylor hätte sie noch nie gesehen. Wenn er nur die Haare von Steve McQueen und die Hände von einem Jungen aus der Parallelklasse hätte, würde sie ihn sofort heiraten. Nur weil sie selbst so hübsch ist, macht Carina immer eine Art Schönheitspuzzle mit Teilen aus der ganzen Welt. Sie ist nie mit den Leuten zufrieden, so wie sie sind.

Ich ging mit Pelle heim. Im Kino weine ich fast nie, und auch sonst nicht besonders oft. Aber dieser Film war so himmelschreiend ururidiotisch und bescheuert, dass ich einfach weinen musste.

Wir gingen am Planschbecken auf dem Spielplatz vorbei. Der Mond glitzerte im Wasser.

„Du darfst am Wasser gehen“, sagte Pelle.

Er ging ganz still neben mir und wartete darauf, dass ich erklären würde, warum ich weinte. Schließlich sagte ich es ihm.

„Hauptsache ist doch, dass man den Menschen findet, den man gern hat“, sagte ich.

„Ja klar“, sagte Pelle. „Das ist das Allerwichtigste.“

Da wachte ich auf und wurde wieder froh. Wir waren fast an meiner Straßenecke angelangt.

„Da hat die ‚Mumienbraut' doch einen besseren Schluss gehabt", meinte Pelle. „Die Mumie ist da mit ihrer wiedergefundenen Braut direkt ins Wasser marschiert. Die Braut hatte sie in ein Paket gewickelt. Und die Mumienbinden wallten im Wasser um sie herum ..."

Pelle versteht viel mehr vom Ernst des Lebens als Maggan und Carina.

Yesterday

Manchmal findet Maggans Mutter es an der Zeit, dass Maggan eine Party gibt. Partys sind gut. Da kann man Leute einladen, die einen von sich aus nie anrufen. Man kann sie einen Abend lang begutachten und hinterher entscheiden, was man eigentlich von ihnen hält. Maggan hat nichts gegen Partys. Schließlich muss sie ja die Zeit zwischen dem Plattenleger und dem Arzt irgendwie herumbringen. Aber sie darf natürlich nicht selbst bestimmen, wer eingeladen wird.

Wenn man schon weiß, mit wem man zusammen sein will, braucht man eigentlich keine Partys, finde ich. Es ist doch ein Riesenumweg, extra zu Maggan zu gehen, um dort Pelle zu treffen. Sie wohnt ja in der entgegengesetzten Richtung, viele Haltestellen weiter. Aber so braucht man ihn wenigstens nicht selbst anzurufen.

Pelle sagt manchmal: „Ruf mich doch mal an!"

So, als ob er es lästig fände, mich anzurufen. Aber ich will, dass er mich anruft. Weil ich es lästig finde, ihn anzurufen. Man weiß ja nie, ob es der richtige Tag und die richtige Minute und die richtige Sekunde ist. Ich will, dass Pelle immer dann durch die Decke geplumpst kommt, wenn ich gerade an ihn denke. Und es ist mir einfach lästig, immer erst die ganze Familie verjagen zu müssen, um dann mit wild klopfendem Herzen dazusitzen und mein Ohr an den tutenden Telefonhörer zu drücken, bis ich Pelle endlich erwische.

Maggan durfte Pelle und mich zu ihrer Party einladen und Love, Sune, Hasse, Netan und Bitte, die auch alle in unserer Klasse sind. Und noch ein paar andere, Kinder von Kollegen des Professors, die ich nicht kannte. Die Party sollte im Mai sein, wenn das Wetter so schön wäre, dass man die Balkontür aufmachen und die Aussicht auf die Stadt bewundern könnte. Maggans Mutter ist sehr stolz auf diese Aussicht und auf vieles andere auch.

Pelle wollte sein Monopoly mitnehmen.

„Damit niemand auf die dumme Idee kommt zu tanzen“, sagte er.

Wir verabredeten uns an der U-Bahnhaltestelle. Ich war zuerst da. Endlich kam er angeschlappt. Er sah wie immer aus mit seiner verrutschten Jacke, seinen ausgelatschten Schuhen, seinen Strubbelhaaren, seinem Kinn, seinen flinken Augen und dieser besonderen Pelle-Nase, die ich so gut zeichnen kann. Der Frühlingswind pfiff über den Bahnsteig und rüttelte an den Papierkörben. Pelle hatte wie immer rote Backen. Manchmal möchte man, dass die Zeit stehen bleibt, um eine bestimmte Sache ewig lange auszukosten. Ich spürte, wie Pelles Gesicht in mich einsickerte. Wenn ich je auf beiden Augen blind werden sollte, weiß ich trotzdem, wie Pelle aussieht, dachte ich. Aber seinen Mund wagte ich nicht anzugucken, sonst hätte man mir meine Gedanken angesehen.

„Unsere verdammte Uhr ist stehen geblieben“, sagte Pelle.

Wir bekamen zwei Fensterplätze. Pelle fingerte an seinem Monopoly herum. Er machte sich riesige Sorgen, dass es bei Maggan stinklangweilig werden könnte. Ich beruhigte ihn damit, dass Love ja auch kommen würde. Das wusste er allerdings schon.

Ich hatte schon gemerkt, dass Pelle es gern ein bisschen spannend macht, wenn er mich küssen will. Am liebsten packt er mich hinter dem Rücken von irgendjemandem, oder wenn seine Mutter jeden Augenblick auftauchen kann, oder wenn ich keine Lust habe. Einmal zum Beispiel standen wir in einem Flur und mussten auf etwas warten, da stellte ich mich so, als ob ich plötzlich Angst bekäme, nur damit er seinen Spaß hatte. Aber gleichzeitig ärgerte ich mich gewaltig über ihn. Ich fand das einfach idiotisch.

Jetzt fing Pelle plötzlich an, mir Grimassen zu schneiden. Er grinste und hielt sich die Monopolyschachtel neben das Gesicht. Ich begriff nicht, was er meinte. Ein Mann setzte sich neben mich. Er sah aus, als käme er direkt von einem Leichenzug. Mit schwarzem Hut und allem Drum und Dran. Pelle sah ihn an und grinste noch mehr. Er winkte mir hinter der Monopolyschachtel mit dem Zeigefinger und lockte mich zu sich: „Komm her, komm her …“

„Was soll das – komm her?“

Jetzt nahm eine Dame neben Pelle Platz. Sie warf ihm sofort einen Benimm-dich-Blick zu, als ob er versucht hätte, ihr eine Knallerbse unter den Hintern zu schieben. Mir schenkte sie auch einen warnenden Blick.

Pelle schielte herüber und machte wieder Faxen.

„Stell dich nicht an, die kann uns doch egal sein, komm schon her!“, sollte das heißen. Jetzt kapierte ich, dass er mich hinter der Schachtel küssen wollte. Nur um die Leute zu ärgern. Dummer Pelle, alberner, komischer Pelle. Ich versuchte, mir das Lachen zu verkneifen, und streckte ihm die Zunge raus. Da begann er so herumzuhampeln, dass ich ihm gegen das Schienbein treten musste. Doch er trat zurück und traf aus Versehen den Mann neben mir. Nur ein kleines bisschen, beinahe überhaupt nicht.

„Na hör mal!“, sagte der Mann.

„Entschuldigung“, sagte Pelle und zählte dann bis zehn, bevor er losplatzte.

Ich schnitt Grimassen, um Pelle mitzuteilen, dass er übergeschnappt sei und dass er alleine hinterherfahren müsse, wenn er aus der U-Bahn hinausgeworfen würde. Pelle grimassierte zurück, wenn ich ihn nicht küssen wolle, sei es meine Schuld ... Ich runzelte die Augenbrauen und streckte ihm meinen Kopf hin – doch in letzter Sekunde zog ich ihn wieder zurück. Jetzt hatte er Feuer gefangen! Nach der nächsten Haltestelle bekommt er einen Kuss, dachte ich. Und schließlich bekam er auch einen. Da stand die Dame auf und setzte sich mit dem Rücken zu uns auf einen anderen Platz. Was der schwarze Hut machte, weiß ich nicht. Ich hatte keine Lust, ihn anzuschauen.

Wir kamen doch nicht zu spät zu Maggan. Die anderen waren auch gerade erst gekommen und standen jetzt feierlich herum. Pelle verdrückte sich gleich mit Love, und Maggan beeilte sich, Platten aufzulegen. Aber das half nicht viel. Die Jungs blieben an Pelles Monopoly kleben, genau wie er es geplant hatte. Jetzt diskutierten sie, wer alles mitmachen sollte.

Maggans Mutter kam herein, um uns zu begrüßen, und da mussten alle aufspringen. Als sie das Monopoly sah, sagte sie, sie sei der Meinung gewesen, dies solle eine Tanzparty werden. Dann blieb sie stehen und machte ein erwartungsvolles Gesicht, bis Love aufstand und Maggan aufforderte.

Wir tanzten alle ein bisschen. Dann hockten sich die Jungs wieder um das Monopoly-Spiel. So schleppte sich das Ganze noch ein paar Stunden hin.

Um neun Uhr gab es ein erlesenes Essen. Danach sollten wir wieder tanzen. Zwei Typen, die wir nicht kannten, Birger und Ivar, waren da, die wollten wirklich tanzen. Sie tanzten mit allen, aber am meisten mit Maggan. Ich tanzte zweimal mit Birger und Maggans Bruder. Pelle wollte es lieber gar nicht erst versuchen, er hampelte nur herum und lachte.

Als wieder mal so eine lange, unerträgliche Pause entstand, in der alle herumsaßen und darauf warteten, wer jetzt wen auffordern würde, wurde es mir zu dumm. Ich ging in den unteren Stock hinunter. Ich hatte versucht, Pelle in Schwung zu bringen, und Netan hatte ihn auch herumgezerrt. Mit ihr hatte er es wenigstens eine Zeit lang versucht.

Ich weiß nie, ob ich mein Gesicht beherrschen kann. Ich glaube, ich kann es nicht. Wahrscheinlich kann man mir ansehen, ob ich an eine Katze oder an einen Hund denke, wenigstens behauptet Mama das. Wenn ich daran denke, wie es ist, wenn Pelle mit Netan tanzt, kann man es mir wahrscheinlich sogar von der Seite ansehen. Das war auch der Grund, warum ich die Treppe hinunterging. Ich wollte nicht, dass die anderen mein Gesicht sahen.

Zuerst trank ich dort unten etwas Wasser und wartete, bis die Platte zu Ende war. Dann horchte ich, was die da oben trieben. Plötzlich pfiff jemand. Ich konnte nicht gut noch länger hier unten herumstehen, deshalb ging ich wieder hinauf. Als ich kam, brachen alle in schallendes Gelächter aus.

„Warum lacht ihr?“, fragte ich.

„Was hast du so lange da unten gemacht?“, wollte Maggan wissen.

„Pelle sagte vorhin, wenn er pfeift, kommst du sofort herauf, und das hast du auch getan“, erklärte Netan.

Wahrscheinlich konnten sie jetzt auch sehen, was ich dachte, allerdings mussten sie sich da ganz schön anstrengen, mir fuhren nämlich alle Gedanken gleichzeitig durch den Kopf. Ich wollte sofort wieder nach unten gehen und meinen Mantel nehmen und mich wie in eine Gewitterwolke in ihn einhüllen und wie ein Blitz nach Hause sausen. Aber das hätte so kindisch gewirkt. Wie wenn Jeppe sagt: „Wenn ihr so seid, mach ich nicht mehr mit.“ Aber dableiben konnte ich auch nicht – das hätte ja ausgesehen, als ob ich mir alles gefallen ließe! Als ob ich nichts dagegen hätte, sofort angerannt zu kommen, wenn er pfeift!

„Na und, ist es denn nicht wirklich so?“, fragte ich mich.

„Doch, natürlich“, antwortete ich mir. Wenn Pelle pfeift, möchte ich sofort zu ihm rennen, das stimmt.

Aber das half mir nicht weiter. Ich war trotzdem genauso wütend und blieb bei meinem Entschluss. Ich konnte ihn nur zwei Platten lang aufschieben. Als Birger und Ivar sagten, sie müssten jetzt gehen, ging ich mit ihnen zu den Mänteln hinunter. Ganz schnell zog ich meinen auch an, sagte „tschüs“ und war schon verschwunden, bevor Pelle herunterkommen konnte.

Das Letzte, was ich hörte, war Maggans alte Beatles-Platte: „Yesterday, all my troubles seemed so far away …“

Ich möchte nur wissen, wo diese dämlichen alten Melodien immer herkommen? Ob es wohl die Hand des Schicksals ist, die sie immer bei passender Gelegenheit einschaltet? Das Schicksal, an das Maggan glaubt.

Vielleicht ist das Leben ein Musical, in dem ich mitspiele,

ohne es zu wissen, dachte ich auf dem Heimweg. Ich drehte mich zum U-Bahnfenster um und streckte den eventuellen Zuschauern die Zunge raus.

Kaum war ich zu Hause, da fuhr Papa aus den Federn und schrie: „Was fällt dir ein, so spät nach Hause zu kommen?"

Und Mama sagte: „Na, war es nett?"

Ich antwortete nicht, ging nur geradewegs in mein Zimmer und schloss mich ein. Ich hatte keine Zeit, an etwas anderes zu denken als an meine Rolle in diesem Musical und daran, wie es weitergehen sollte. Das viele Hin- und Herdenken tat so weh, dass ich nicht einschlafen konnte. So dachte ich: „Was soll ich tun, wenn ich Pelle nie mehr wieder sehen werde?"

„Wieso denn? Ihr geht doch in dieselbe Klasse!"

„Morgen gehe ich nicht in die Schule!"

„Aha, wann willst du dann hingehen? Willst du etwa das ganze Schuljahr wegbleiben?"

„Nein, dann kann ich Pelle ja nicht mehr sehen. Übermorgen geh ich wieder hin!"

„Dann tratscht die ganze Klasse über dich. ‚Sie sagte, er sagte, und Pelle sagte!', heißt es dann. Wenn du sowieso in die Schule willst, kannst du genauso gut morgen gehen …"

„Ja, aber was soll ich für ein Gesicht machen, wenn ich Pelle sehe?"

„Das kommt doch darauf an, was er für ein Gesicht macht."

„Aber ich kann mein Gesicht nicht beherrschen. Morgen geh ich nicht hin!"

„Und wenn er anruft? Was sagst du dann?"

„Dann ist doch alles gut. Dann höre ich doch, was er sagt!"

„Du musst dich entscheiden. Bist du nun wütend oder nicht? Willst du Schluss machen …?“

„Nein, bist du wahnsinnig?“

„Hast du vor, ihm zu sagen, dass es dir nichts ausmacht, wenn er pfeift?“

„Neein, das auch nicht gerade. Irgendwas zwischendrin.“

„Und wie klingt das? Gibt es etwas zwischendrin? Sag mal etwas zwischendrin, das würde mich interessieren.“

Aber mir fiel nichts ein.

„Und wenn er nicht anruft?“

Währenddessen diskutierten Mama und Papa oben im Schlafzimmer über mich, wie über ein Musical, das sie nicht einmal gesehen hatten.

Das Telefon klingelte. Ich spitzte die Ohren.

„Sie schläft schon längst“, hörte ich Papa sagen. „Weißt du denn nicht, dass es mitten in der Nacht ist?“

Ich riss meine Tür auf, doch da hatte Papa den Hörer schon aufgelegt.

„Wer war das?“, schrie ich.

„Das war dieser Pelle“, sagte Papa.

Ich stürzte ins Schlafzimmer, um Papa irgendetwas Hartes an den Kopf zu werfen, aber das Einzige, was mir in die Hände fiel, war ein Stapel mit alten Zeitungen. Sie flatterten wie Krähen durch das Zimmer.

„Du zerstörst mein ganzes Leben!“, brüllte ich.

Doch da regte Mama sich auf.

„Das ist das Dümmste, was ich je gehört habe!“, sagte sie. „So leicht geht das nicht!“

Pelle rief am nächsten Tag noch einmal an. Erst murmelte er irgendetwas, und dann fragte er, warum ich denn einfach weggegangen sei. Er hätte eigentlich mit mir zusammen gehen wollen.

„Weil ich wütend war", erklärte ich.

Er fragte, ob ich immer noch wütend sei. Ich wusste nicht, was ich antworten sollte. Schließlich sagte ich: „Ich könnte ja einen Versuch machen ...!"

Da fragte Pelle, ob er vorbeikommen und das letzte Agaton-Sax-Buch wieder leihen dürfe, das habe er nämlich so unaufmerksam gelesen. Und da mussten wir lachen. Danach unterhielten wir uns wieder ganz normal und fanden, dass er am besten gleich zu mir kommen solle.

Papa war wieder nach Nordschweden gefahren. Mama sah mich an, als ich den Hörer auflegte, und sagte: „Du siehst zu süß aus, wenn du so mit dem Herz in der Hand am Telefon stehst und dich unterhältst. Manchmal frage ich mich, ob du ihm so zeigen sollst, wie sehr du ihn magst ..."

„Wenn ich nicht mehr so sein kann, wie ich mich fühle, macht es mir keinen Spaß mehr", sagte ich. „Und wenn er so dämlich ist, dass er es nicht aushält, dass ich ihn gern habe, dann muss es halt schief gehen. Ich liebe Pelle. Und wenn es irgendwann mal aus ist, habe ich wenigstens das getan, was ich wollte."

„Ja, da hast du Recht", sagte Mama. „Und ich habe Unrecht. Vergiss es."

Eine grüne Ewigkeit

Wer hat sich eigentlich ausgedacht, dass der Sommer so wundervoll sein soll? Im Sommer muss man immer gerade dann wegfahren, wenn der Asphalt in der Stadt besonders warm und weich ist und runzlig wie eine Elefantenhaut und wenn die Parks am schönsten sind! Voller lauschiger, schattiger Bäume, die gut riechen. Immer gerade dann, wenn man abends draußen im Park Völkerball spielen kann.

Nach dem Abendessen geht man hinaus und schlendert draußen herum und wartet ab, während nach und nach immer mehr Leute auftauchen. Zuerst läuft man nur herum und lässt sich sehen. Wenn man ab und zu ein bisschen den Hang hinunterrennt oder nach einem Blatt hochspringt, dann merken die anderen, dass man sich bewegen kann. Wenn es an der Zeit ist, die Mannschaften zu bilden, wissen es schließlich alle. Man wartet und wartet, bis endlich jemand kommt, der einen Ball dabei hat, und dann wartet und wartet man, bis jemand auf die Idee kommt, „Völkerball" zu sagen. Wenn das Wort erst draußen ist, gibt es immer einen, der das Ganze organisiert. Die größten Jungs zanken sich, wer die Mannschaften aussuchen soll, dann knobeln sie darum, wer als Erster wählen darf.

Da sind ziemlich viele dabei, die ich nett finde, obwohl ich kaum weiß, wie sie heißen: Gillis zum Beispiel oder Solveig, die sich in die Finger schnäuzt und am besten zielen kann.

Ich nahm Pelle mit in den Park. Dort hätten wir uns monatelang aufhalten können. Wir hätten im Gebüsch zelten können. Pelle hat ein Zelt. Aber das verbot Pelles Mutter natürlich.

Stattdessen musste Pelle nach England fahren, in eine Schule, die seine Mutter gut findet. Summerhill heißt sie. Er müsse etwas für sein Englisch tun, behauptete sie. Sie schickte ihn sogar vor Ferienbeginn fort. Plötzlich, bei der Abschlussfeier, war er einfach nicht mehr da.

Ich bekam Angst, als ich an den Sommer dachte, der vor mir lag. Ewigkeiten sind etwas Schreckliches, wenn man nicht weiß, was danach kommt. Drei Monate warten, bis ich feststellen konnte, was aus Pelle geworden war! Ich kann nicht warten. Das ist, wie wenn man einen Film anhält. Man sitzt da und starrt das letzte stillstehende Bild an, ohne etwas tun zu können.

Vom Warten kann man wahnsinnig werden. Als ich mehrere Tage lang an das letzte Bild gedacht hatte – das Bild von Pelle, der in der Pause herumtobte –, begriff ich, dass ich aufhören musste. Doch bevor ich den Film weiterlaufen ließ, musste ich mir darüber klar werden, was ich für Chancen hatte.

Ist es schon jemals vorgekommen, dass jemand seinen Pelle heiratet, wenn er ihn schon mit zwölf kennen gelernt hat?, grübelte ich. Ich wollte es wissen. Ich wollte die Weltgeschichte von hinten aufrollen und feststellen, ob solche Fälle schon mal vorgekommen waren. Aber dann dachte ich wieder, was hat das schon für einen Sinn? Wenn ich das finde, was ich finden will, vielleicht im siebzehnten Jahrhundert oder vor fünfzig Jahren, dann ist es ja doch nicht Pelles und meine Geschichte. Über die kann ich so nichts erfahren.

Ich fragte Mama: „Wie ist das eigentlich mit der Zeit der Wunder, von der du immer redest? Ist die wirklich noch nicht vorbei?"

Mama lief durch das ganze Haus und packte Koffer. Zwischen Esszimmer und Flur erwischte ich sie. Sie blieb stehen und überlegte.

„So wahr ich hier stehe", sagte sie dann. „Die Zeit der Wunder ist noch nicht vorbei. Glaubst du etwa, sie hätte ausgerechnet nach meinem Sturz aus dem vierten Stock aufgehört? Die Wunder sind nicht nur für mich da. Die gehören zum System. Brauchst du aus irgendeinem besonderen Grund ein Wunder?"

„Ja", sagte ich.

„Du wirst schon sehen", sagte Mama. „Ich weiß natürlich nicht, ob du das Wunder erleben wirst, an das du jetzt gerade denkst. Aber eines kann ich dir versprechen: Im Laufe deines Lebens wirst du noch viele Wunder erleben. Du brauchst nur zu warten."

„Das ist es ja gerade, was ich nicht kann", sagte ich.

Dann brach der Sommer aus, und ich ließ den Film, den ich angehalten hatte, weiterlaufen.

Zuerst fuhr ich nach Gotland zu Großmutter, und dann für eine Woche zu Maggan in das fantastische Haus mit der fantastischen Aussicht. Maggans Mutter hatte geschrieben und mich eingeladen.

Maggans Mutter hat mich gern. Ich weiß nicht, warum. Vielleicht weil ich nicht rauche und weil ich kindlicher aussehe als Maggan und weil ich Maggan dazu bringen kann, Comics zu malen. Sie glaubt wohl, dass Maggan vor allem Bösen beschützt und bewahrt wird, wenn sie nur mit mir zusammen ist. Manchmal spricht sie es ganz offen aus.

„Jetzt bist du ja hier, Sylvia, da kann Maggan sich vielleicht ein bisschen zusammennehmen und braucht sich abends nicht mehr so oft draußen herumzutreiben", sagte sie, als wir in Villa Schönblick – so heißt ihr Sommerhaus – das Geschirr abtrockneten.

Sie haben eine vorbildliche, fantastische Superküche, mit Riesenfenstern, und mit einem spiegelblanken Fußboden, der so sauber ist, dass man darauf Eis essen könnte.

„Du tust doch bestimmt immer das, was deine Mutter sagt, nicht wahr, Sylvia?"

„Nein, das tu ich nicht“, sagte ich.

Ich hätte noch mehr sagen können. Dass meine Mutter nicht dauernd alles bestimmen muss, manchmal sind wir nämlich von Anfang an einer Meinung, und wenn wir das nicht sind, versucht sie, mich nicht zu zwingen, davon hält sie nämlich nichts.

Maggan spülte eine formschöne Kaffeekanne und starrte ins Spülwasser. Ich trocknete ein funkelnagelneues Bratenmesser mit der Schneide nach oben ab, um das Handtuch nicht zu zerschneiden.

„Sieh mal, wie vernünftig Sylvia das Messer abtrocknet, das hättest du nie gemacht, Maggan. Sie ist immer so unachtsam, weißt du, Sylvia“, sagte Maggans Mutter.

„Maggan hätte das Messer bestimmt genauso gehalten“, sagte ich.

Maggans Mutter machte ein zufriedenes Gesicht.

Ich kann sie nicht leiden. Einerseits will sie, dass Maggan und ich die allerbesten Freundinnen sind, mit Schleifchen im Haar und möglichst den gleichen Kleidchen. Andererseits versucht sie, mich dazu zu bringen, Maggan schlecht zu machen. Aber wenn ich das nicht tue, ist sie zufrieden. Wie stellt sie sich das eigentlich vor?

Gleich am ersten Abend erklärte sie, wir müssten erst das ganze Beet mit den Stiefmütterchen jäten, bevor wir fortgehen dürften. Als sie das sagte, sah sie aus wie Aschenputtels Stiefmutter, als sie die Erbsen in die Asche schüttete. Fast als ob sie gerochen hätte, dass wir vorhatten, mit dem Fahrrad zur Kreuzung zu fahren und dort zwei Mädchen, fünf Jungen und ein Kofferradio zu treffen. Maggan hatte das ausgemacht, als sie beim Einkaufen war.

Als ich mich hinhockte und das Beet genauer in Augenschein nahm, kroch mir die Wut von den Kniekehlen bis ins Gehirn. Es würde vierzehn Tage dauern, bis dieses Beet anständig aussah, und bis dahin wäre ich in einen gebrochenen Sklaven verwandelt.

„Sie hat das nicht so ernst gemeint“, sagte Maggan. „Wir wühlen eine Viertelstunde in der Erde herum, und dann hauen wir ab. Was anderes erwartet sie gar nicht!“

Nach einer Weile rief Maggan, sie habe Kopfschmerzen, ging hinein und zog sich um.

„Wir brauchen gar nicht erst um Erlaubnis zu fragen, die kriegen wir doch nicht“, erklärte sie. „Wir schleichen uns zur Terrassentür hinaus ...“

Als wir zur Terrassentür hinausschlichen, stand Maggans Mutter da und kontrollierte die Stiefmütterchen.

„Du hast doch Kopfschmerzen, da kannst du eigentlich nirgends hingehen“, sagte sie zu Maggan.

Mir kam das Ganze so idiotisch vor, dass ich unwillkürlich lachen musste. Ich glaubte tatsächlich, das sei alles eigentlich nur Spaß und der Sketch müsse jetzt zu Ende sein. Aber Maggan war stinksauer, und für ihre Mutter schien es auch blutiger Ernst zu sein.

„Ich halt's im Zimmer nicht aus, da ist es so warm“, versuchte Maggan.

„Geh in dein Zimmer, sonst muss ich mit Vater reden“, sagte ihre Mutter.

Wir gingen wieder hinein.

„Was machen wir jetzt?“, fragte ich.

Da begann Maggan herzzerreißend zu weinen.

„Nie erlaubt sie mir was“, weinte sie.

Sie tut mir immer so leid, wenn sie weint. Wenn sie erst mal angefangen hat, wird es immer schlimmer und schlimmer. Sie weint, bis sie ganz außer sich ist. Ich weiß dann gar nicht, was ich mit ihr anfangen soll. Schließlich saß ich nur da und streichelte voller Mitgefühl ihren Fuß.

„Hör mit dem Lärm auf! Wenn ihr um zehn zu Hause seid, könnt ihr eine Weile hinausgehen."

„Evald kommt bestimmt auch", versicherte Maggan, als ob mich das interessieren würde.

Maggan wollte unbedingt, dass ich mich mit diesem Evald beschäftigte, damit sie mit Rejne allein sein konnte. Maggan glaubt wohl, dass man sein Gernhaben ganz beliebig ein- und ausschalten und es vom einen auf den anderen umstellen kann.

„Warte nur, bis du ihn erst gesehen hast", sagte sie. „Er ist wirklich super. Ihr passt bestimmt gut zusammen."

Als ob sie noch nie etwas von Pelle gehört hätte.

Wir fuhren mit den Rädern durch die abwechselnd warme und kalte Abendluft zur Kreuzung hinunter, wo die anderen herumsaßen und warteten. Ein paar Landwirtschaftspraktikanten vom Gut Lynninge und ein Junge und ein Mädchen, die Hilding und Rosemarie hießen. Aber kein Rejne. Und zum Glück kein Evald.

Man kann nicht gerade behaupten, dass dort an der Kreuzung besonders viel los war. Alle, die nicht rauchten, kauten an Grashalmen und verglichen ihre Mopeds. Hilding stieß ab und zu ein röhrendes Gelächter aus. Es kam mir vor, als wollten sie ausprobieren, wer am längsten warten konnte, ohne heimzugehen. Als eine Schwalbe über das Feld strich, war das ein wichtiges Ereignis. Kein Mensch hatte ein Kofferradio dabei.

„Ist das deine kleine Schwester?", fragte einer der Praktikanten Maggan.

„Nein, das ist meine Freundin Sylvia", stellte Maggan mich vor.

„Hat sie keine ältere Schwester?"

„Mensch, ist das trüb hier!", sagte Hilding schließlich. „Der Erste am nächsten Mast kriegt 'ne Glockenblume!"

Alle Jungs rasten auf den nächsten Telegrafenmast zu. Dort machten sie kehrt und brausten wieder an uns vorbei zum nächsten Mast. Als sie zum zweiten Mal vorbeikamen, sprang ich hoch und lief mit. Hilding führte, und hinter ihm kam der Praktikant. Hilding hüpfte und alberte herum, aber der Praktikant hatte lange Beine. Plötzlich lief ich direkt neben ihm und versuchte, ihn zu überholen. Da legte er los. Jetzt war es ein echtes Wettrennen. Fünf Meter vor dem Mast hatte ich ihn überholt. Nur um eine Nasenlänge, aber immerhin. Er versuchte, sich an mir vorbeizudrängen, aber das ging nicht. Da blieb er stehen und pinkelte gegen einen Meilenstein. Alle Jungs bremsten und pinkelten ebenfalls. Dabei lachten sie aus vollem Hals. Im Pinkeln konnte ich sie nicht schlagen.

„Was ist? Willst du nicht mitmachen?", schrie der Praktikant, als ich zu Maggan zurückging.

Sie saß am Straßenrand und ließ den Kopf hängen.

„Wenn Rejne nicht bald kommt, gehen wir heim", sagte sie.

Die Schwalbe flog wieder vorbei, diesmal in die andere Richtung. Die Jungs kamen angelungert und kauten an Weizenähren vom angrenzenden Acker.

Plötzlich stand jemand hinter mir und hielt mich hoch, wie man kleine Mädchen hochhält, wenn sie Pipi machen müssen.

„So ist's brav. Versuch's doch mal – wsss-wsss-wsss!", hörte ich.

Das war wieder dieser idiotische Praktikant. Ich strampelte mich frei.

„Mensch, bist du blöd, Anders! Lass sie in Ruhe!“, sagte Maggan streng.

Aber die anderen lachten sich halb schief. Ich fand das alles so albern, dass ich auch mitlachen musste.

Endlich kamen zwei Gestalten angeradelt – Rejne und Evald. Maggan wirkte völlig uninteressiert. Aber nach einer Weile setzte sie sich an einen neuen Platz am Grabenrand. Rejne setzte sich neben sie.

„Komm her, Sylvia“, rief Maggan.

Ich begrüßte Rejne und Evald.

„Wunderbar, da hast du für heute Abend ja eine Beschäftigung, Evald!“, sagte Rejne.

„Wollen wir ein bisschen spazieren gehen?“, schlug Maggan vor. „Damit Sylvia und Evald sich kennen lernen können.“

„Red doch nicht so ’nen Unsinn“, sagte ich.

„Quatsch“, sagte Evald.

Aber Maggan und Rejne standen auf. Wir nahmen die Fahrräder mit und schoben los. Die anderen blieben an der Kreuzung, um auf das Kofferradio und noch mehr Mädchen zu warten. Wir gingen und gingen, bis wir endlich an einen abgelegenen, verfallenen Stall kamen. Dort schob Rejne Maggans Fahrrad durch die Stalltür hinein.

„Was haben wir denn hier verloren?“, fragte ich.

„Wir müssen kontrollieren, ob sie die Leiter zum Heuboden repariert haben“, erklärte Rejne.

„Ich habe Hunger. Ich glaube, ich fahr schon mal nach Hause“, sagte ich.

„Du bist wohl verrückt! Dann fragt Mutter, wo ich bin! Warte doch bitte auf mich“, bat Maggan.

„Ich muss morgen früh raus“, sagte Evald.

„Sei doch nicht so stur“, sagte Rejne und nahm Evald beiseite.

Dann ließen sie Evald und mich alleine unten zurück. Ich setzte mich in den Kälberverschlag. Evald setzte sich neben mich und zeigte mir seine neue Uhr. Über uns hörten wir Maggan kichern. Evald schielte hinauf. Vielleicht konnte er an der Stalldecke ablesen: „Wenn du Sylvia nicht küsst, bist du eine Flasche! Na, wird's bald, oder soll ich herunterkommen und dafür sorgen? Gruß Rejne." Plötzlich küsste Evald mich nämlich. Es dauerte ziemlich lange. Ich wollte schließlich nicht stur sein. Aber es gibt wohl nichts Langweiligeres, als Leute zu küssen, die man nicht gern hat. Ich kniff die Zehen in den Schuhen zusammen und zählte bis fünfzig. Dann war es genug, fand ich.

„Sag mir, in wen du verknallt bist, dann sag ich dir, in wen ich verknallt bin", schlug ich vor.

„In ein Mädchen, das Ingabritt heißt", sagte Evald sofort.

„Pelle", sagte ich.

Der Mond schien durch das Fenster und zeichnete ein weißes Viereck an die Wand. Ich spielte, es sei ein Fernsehschirm und ich sei die Ansagerin darin. Wir lasen uns abwechselnd komische Nachrichten vor, bis Maggan und Rejne herunterkamen – endlich!

Hinterher wollte Maggan, dass wir vor dem Zu-Bett-Gehen noch in ihrem Holzschuppen heimlich rauchen sollten.

„Dann glaubt Mutter nämlich, dass ich heute Abend heimlich geraucht habe, und riecht nicht, dass ich nach Rejne rieche. Und außerdem habe ich dann etwas, was ich zugeben kann, wenn sie mich ausquetscht!", erklärte sie.

Aber da platzte mir der Kragen!

Ich hatte wirklich keine Lust, noch mehr Blödsinn zu machen. Auf die Art würde der Abend überhaupt nicht mehr aufhören!

Und der Sommer auch nicht!

Endlich wurde es Herbst.

Am ersten Schultag war ich ganz ruhig. Nur in der Woche vorher bekam ich Herzklopfen, wenn ich auf den Kalender schaute und einen gewissen Montag sah. Montag, den 22. August. Und dann noch das eine Mal, als ich einen Bus sah, auf dem 22 stand. Da vergaß ich ganz, dass der Bus ja kein Kalender war. Aber an dem betreffenden Montag war ich die Ruhe selbst. Ich war ganz ruhig, als ich durch den Park trödelte und weder nach links noch nach rechts sah, bis ich Bitte rufen hörte. Und ich war ganz ruhig, als ich den Weg hinaufrannte, damit sie mich nicht einholte. Je mehr ich mich der Schule näherte, desto ruhiger wurde ich, obwohl ich so schnell wie möglich ging.

Bis zur Schule waren es nur noch zwei Häuserblocks. Unsere Schule liegt genau gegenüber der Feuerwehr. Zwei Feuerwehrautos kamen angefahren. Als sie an mir vorbeifuhren, lief ich mit und versuchte, sie einzuholen. Ich finde es wundervoll, zu spüren, wie schnell ich rennen kann. Die Feuerwehrmänner lachten über mich. Aber das störte mich nicht. Ich war immer noch ganz ruhig, als unsere Namen aufgerufen wurden und ich Pelle nirgends entdecken konnte. Doch als der Rektor „Pelle Marosi" sagte, bekam ich Angst.

Warum antwortet er nicht? dachte ich.

Der Rektor wartete eine Weile, dann wiederholte er Pelles Namen. Pelle antwortete immer noch nicht. Ich drehte den Kopf halb nach hinten. Vielleicht würde Love oder einer der anderen Jungs hinter mir etwas sagen? Keiner sagte ein Wort. Nur Love schien sich etwas zu bewegen, als ob er nach Pelle Ausschau hielt.

Wo konnte Pelle nur sein? Vielleicht kam er nur zu spät? Vielleicht war er länger in England geblieben? Und wenn er krank war? Vielleicht hatte er in England Fußball gespielt und sein Knie wieder verletzt? Dann gehe ich gleich morgen zu ihm hinauf und leiste ihm Gesellschaft, beschloss ich. Oder übermorgen, damit es nicht so aufdringlich wirkt. Hoffentlich hat er einen Riss in der Kniescheibe! Wenn nur nichts Schlimmeres passiert ist! Vielleicht ist er überfahren worden!

Kaum hatte ich das gedacht, da wurde ich wieder ruhig. Pelle konnte nicht überfahren werden. Pelle nicht. Pelle sieht und hört phänomenal gut. Und ist ungewöhnlich beweglich. Den Lastwagen gibt's noch nicht, der sich von hinten an Pelle heranpirschen könnte, ohne dass er es merkt. Außerdem ist es verboten, Leute zu überfahren. Die Fahrer müssen hupen. Aber wenn ...? Wenn Pelle etwas ganz anderes im Kopf hätte? Nein. Er könnte trotzdem noch aufpassen. Aber vielleicht hatte der Fahrer einen Hass auf Pelle und überfuhr ihn absichtlich? Nein! So was passierte nur im Kino. In diesen trostlosen Filmen, die Papa für wahr hält. In grässlichen, scheußlichen Krimis, wo von Anfang bis Ende nichts als Mord und Todschlag vorkommt und wo alles für alle immer schief geht.

„Du kannst mir nicht weismachen, dass das die Wirklichkeit ist“, sagte ich in Gedanken zu Papa in seiner Lokomotive.

„Doch, so ist das Leben“, antwortete Papa in seinem ollen Führerstand.

„Du kannst mir den Buckel runterrutschen!“, sagte ich zu Papa, während der Rektor weiter die Namen der Schüler aufrief. „Solche Filme haben überhaupt nichts mit dem Leben zu tun! Das ist doch von Anfang bis Ende nichts als ausgedachtes Zeug. Das Leben ist viel schöner, meines auf jeden Fall!“

Dann musste ich aufhören und nachdenken. Mir blieb das Herz stehen.

Es kommt tatsächlich vor, dass Menschen sterben. Mamas Vater ist gestorben. Und ein Mädchen in unserer Parallelklasse. Würde jemand auf den Gedanken kommen, es mir zu sagen, wenn Pelle gestorben wäre? Würde Pelles Mutter anrufen? Mich bestimmt nicht. Aber Mama vielleicht? Auch nicht. Sie kannten sich ja kaum. Er konnte tot sein, ohne dass ich etwas davon erfuhr. Mein Herz konnte jetzt nicht länger stillstehen. Es klopfte wieder los. Auf Hochtouren.

Jetzt rief der Rektor meinen Namen auf.

„Sylvia Vanna Berg?“

Ich antwortete nicht. Wenn Pelle zu spät kommen und einfach nicht antworten konnte, dann konnte ich das auch. Er brauchte nicht zu erfahren, dass ich hier war. Dieser gemeine Pelle, der sich dahinten in die letzte Reihe verdrückt hatte und nicht zugeben wollte, dass er da war. Oder auch: dieser gemeine Pelle, der nicht gleich am ersten Tag angerast kam wie ich. Am liebsten wäre ich auch nicht gekommen.

„Sylvia Vanna Berg?“, wiederholte der Rektor.

„Ja, sie ist hier!“, schrie Love hinter mir und boxte mich in den Rücken. „Weißt du denn nicht, wie du heißt?“, flüsterte er mir ins Ohr. Seine Stimme klang so freundlich, als verstünde er, was in meinem Kopf vor sich ging. Aber ich drehte mich nicht um. Ich hatte nämlich angefangen zu weinen.

Pelle ließ sich die ganze Woche nicht blicken.

Niemand fragte nach ihm. Unser Lehrer auch nicht. Wenn

irgend jemand wusste, wo Pelle war, dann hörte ich auf jeden Fall nichts davon. Wahrscheinlich glaubten die anderen, ich wüsste am besten Bescheid. In der Klasse wussten ja alle, dass Pelle und ich zusammengehören.

Bertil war der Einzige, der etwas sagte. Eines Tages, als er beim Mittagessen in der Schlange hinter mir stand, ließ er einen Brocken Brot in mein Milchglas fallen und sagte: „Na, wo hast du denn deinen Pelle gelassen?“

„Das geht dich gar nichts an“, sagte ich.

Ich hoffte, er würde anfangen, von Pelle zu reden, doch stattdessen sah er weg und sagte gar nichts mehr. Wusste er, dass Pelle nie mehr in die Schule kommen würde? Hatte er mich ärgern wollen? Oder wusste er genauso wenig wie ich? Vielleicht hatte er gehofft, Pelle sei verschwunden, und wollte sich nach seinen Chancen bei mir erkundigen?

Nach der Schule ging ich nicht nach Hause. Ich ging die nächste Straße hinunter und verschwand im Menschengewimmel. Die Straßen waren trocken und windig. Der Staub stach mir in die Augen, und in den Rinnsteinen jagten sich ganze Reihen von Papierfetzen. Ich stellte den Fuß davor. Sie legten sich hin und hatten keine Lust mehr. Da ging ich weiter.

Wenn man nicht sieht, wohin man geht, kann man auch nicht wissen, wohin man kommt. Ich wollte an ein bestimmtes Ziel, hatte mir aber vorgenommen, dass ich den Blick nicht von den Füßen heben durfte. Wenn ich hinkommen wollte, musste ich blindlings hinfinden. Kunststück! Ich bog zweimal nach rechts um die Ecke und einmal nach links. Da rief jemand, eine kleine Stimme, weit weg: „Sylvia! Sylvia!“

Ich hob den Kopf und sah im Schaufenster gegenüber ein Mädchen: ein dünnes Mädchen mit blonden, langen Haaren, die sich an den Ohren festgehakt hatten. So alt wie ich und mit meinem Poncho. Sie war grün im Gesicht und ging quer durch ein Sofa hindurch. Als ich mich umdrehte, drehte auch sie sich um. Es war mein Spiegelbild! Zwischen uns lief ein kleines Mädchen über die Straße.

„Pass auf!"

Vesle, wer denn sonst! Bei ihrem Versuch, mich einzufangen, wäre sie fast überfahren worden. Blitzschnell hatte sie sich mit ihren kleinen kalten Fingern an mir festgekrallt und sah mich mit ihren schiefen, fröhlichen Augen an. Sie schielte so stark, dass man bei ihrem Anblick an zwei Knöpfe denken musste, die in dasselbe Knopfloch wollen. Kleine Veslemaus! Vesle ist einmalig, so lieb und hässlich.

„Oh, wie schön, dass ich dich gefunden habe", sagte sie. „Ich war gerade so allein auf der Welt."

„Du verrücktes kleines Huhn", sagte ich. „Du hättest überfahren werden können. Warum hast du so riesige Zähne und Mamas Mütze auf?"

„In die Zähne wachse ich noch hinein", erklärte Vesle und hängte sich bei mir ein.

„Du darfst mich heute nicht begleiten", sagte ich. „Ich will alleine gehen."

„Wohin gehst du?"

„Nirgendwohin. Vielleicht zu Oma. Oder zu Maggan. Los, verzieh dich."

„Dann gehe ich eben auf der anderen Straßenseite", erklärte Vesle. „Der eine Gehweg gehört auf jeden Fall mir."

Sie hüpfte zu meinem Spiegelbild auf der anderen Seite hinüber und begann, mich zu beschatten. Wenn ich stehen blieb, blieb sie stehen. Wenn ich mich umdrehte und Schaufenster ansah, drehte sie mir auch den Rücken zu. Manchmal winkte sie, als ob ich sie überhaupt nicht weggescheucht hätte. Sie mag einfach alle Menschen, darin ist sie ganz unmöglich. Und dabei hatte ich vorgehabt, auf gut Glück durch die Stadt zu laufen, bis ich durch Zufall auf Pelle stieße. Als ich nicht zurückwinken wollte, leistete sie eben meinem Spiegelbild Gesellschaft. Schließlich musste ich doch zu ihr hinübergehen. Ich würde zweimal um jedes Haus herumgehen, bis es ihr zu dumm wurde.

„Wir schleichen uns an unsere Spiegelbilder an", sagte ich, „und tun so, als ob sie unsere Zwillinge wären. Sie sind Schlafwandler. Wir dürfen sie nicht aufwecken, sonst könnten sie hinfallen und sich wehtun. Aber wir müssen sie überallhin begleiten. Wir heißen Sylvia und Vesle, und die beiden heißen Vanna und Nora."

Vesle umarmte mich und lachte sich halb krank. Sie ist für alle Dummheiten zu haben.

„Oh, sie sind verschwunden! Was tun wir jetzt?", sagte sie jedes Mal, wenn eine Hauswand kam, wo es keine Spiegelbilder gab.

„Bestimmt sind sie in ein Haus hineingeschlüpft", sagte ich. „Lauf mal rüber und guck in das Haus rein, ich pass so lange auf."

Vesle rannte los.

Das war eine gute Idee. Wenn wir dann an Pelles Haus vorbeikämen, würde ich selbst hineingehen und nachsehen, ob der Name Marosi immer noch auf dem Briefkasten im Treppenhaus stand.

„Ich bin bis zum Dachboden hinauf und wieder herunter gerannt", keuchte Vesle. „Sie waren nicht da. Ich glaube, sie sind in diese Richtung gegangen!"

„Nein, in die andere Richtung!", sagte ich.

So zogen wir von Haus zu Haus.

„Geht's jetzt in diese Richtung?", fragte Vesle manchmal.

„Nein, in die andere“, sagte ich natürlich.

Immer öfter erriet sie die richtige Richtung, als ob sie meine Gedanken lesen könnte. Zuerst sah sie mich an und streckte den Arm aus, dann ließ sie den Arm wie eine Kompassnadel hin und her schwenken.

„Dorthin!“

Und das stimmte tatsächlich.

Aber als wir in Pelles Straße kamen, geriet sie ganz durcheinander.

„Hierher sind sie nicht gegangen. Ich sehe sie, ich sehe sie!“, schrie sie und zeigte weit weg.

„Nein, sie müssen hierher gegangen sein“, behauptete ich und ging auf Pelles Hauseingang zu. Ich hielt mich nah an der Hauswand, damit mich niemand vom Fenster aus sehen konnte – für den Fall, dass sie noch dort wohnten. Ich wollte so schnell wie möglich hin und es hinter mich bringen.

„Müssen sie das wirklich?“, fragte Vesle ganz ernst.

„Ja, ganz unbedingt“, sagte ich und wurde unruhig.

Es war, als ob Vesle das Schlimmste geahnt hätte und mich retten wollte.

„Schau mal in dem Haus da drüben nach, während ich hier reinschaue!“

Vesle lief über die Straße. Ich schlüpfte rasch in Pelles Haus hinein. Die Briefkästen mit den Namen der Hausbewohner flimmerten vor meinen Augen, aber ich entdeckte den Namen trotzdem. „Marosi“ stand immer noch da!

Jetzt blieb mir nichts anderes übrig, als nach Hause zu gehen. Vesle holte mich an der Ecke ein. Sie nahm meine Hand und ging still neben mir her. Auf dem ganzen Heimweg sagten wir kein Wort. Vesle ist schon ein eigenartiges Kind. Ich glaube, ihre Seele hat so dünne Wände, dass die Stimmung anderer Menschen direkt in sie hineinsickert. Als wir zu unserem eigenen Haus kamen, zeigte ich auf das Küchenfenster und unsere Spiegelbilder.

„Sieh mal, unsere Zwillinge sind vor uns heimgekommen!"

Aber Vesle antwortete nicht. Sie wusste, dass der Spaß jetzt vorbei war.

Ich grübelte darüber nach, was der Name im Treppenhaus wohl bedeuten mochte. Vielleicht war Pelle trotzdem weggezogen, und der Hausmeister hatte nur vergessen, das Namensschild wegzunehmen? Ich musste anrufen und feststellen, ob die Nummer noch die alte war. Wenn Beethovens Trauermarsch „ta-ta-pom, ta-ta-pom" aus dem Hörer tutete, wüsste ich, dass die Nummer sich geändert hatte. Der Trauermarsch ist nämlich der Hinweiston für solche Fälle.

Eines Tages, als Jeppe draußen, Vesle im Bad und Mama beim Einkaufen war, wagte ich es. Papa war unterwegs wie immer. Als ich gewählt hatte, knackte es im Hörer. Dann begann es zu tuten. Ich hatte kaum begriffen, dass es ja ein ganz normales Tuten war, da antwortete schon jemand: „Hallo, ja?"

Frau Marosi! Ich war so verdattert, dass ich einfach den Hörer auflegte.

Hinterher fand ich es gut, dass ich aufgelegt hatte. Millie war wohl die Letzte, mit der ich sprechen wollte. Ich weiß genau, dass sie Pelle für sich allein haben will, ohne mich.

Jetzt wusste ich wenigstens, dass sie nicht umgezogen waren. Aber vielleicht wohnte nur noch Millie in der Wohnung? Vielleicht hatten sie sich scheiden lassen und Pelle war in England geblieben?

Am nächsten Tag versuchte ich es wieder. Ich wartete und wartete, bis alle in der Familie außer Hörweite waren, und das ist nicht einfach bei vier Personen, die nie stillsitzen, aber endlich hatten sie sich alle vor dem Fernseher aufgereiht. Ich schlich zum Telefon hinunter und wählte die Nummer. Diesmal kam Pelles Vater an den Apparat.

„Gusten Marosi!"

Ich hielt den Hörer eine Weile in der Hand und versuchte mich zusammenzunehmen, aber mein Herz klopfte so heftig, dass ich auch diesmal auflegen musste. Ich bekam beinahe Angst vor dem Telefon. Warum, warum konnte Pelle nicht antworten? War er vielleicht doch in England und würde erst nächste Woche wiederkommen?

Ich versuchte, nicht mehr anzurufen. Aber Telefone, die nicht so antworten, wie man will, haben was Unheimliches an sich. Man kann sie einfach nicht in Ruhe lassen. Wie wenn man auf dem Klavier etwas falsch spielt, dann will man es auch immer wieder von vorne spielen, bis es so klingt, wie es soll. Wenigstens rief ich jetzt nur noch nachmittags an, wenn Pelles Eltern im Geschäft waren. Da antwortete dann gar niemand. Mehrere Tage lang nicht. Nur einmal, da war wieder Pelles Mutter am Apparat und zweimal sein Vater.

Ich fand es schrecklich, dass ich nicht mit ihnen reden und ihnen sagen konnte, wer ich war, doch das wagte ich jetzt nicht mehr, ich hatte schon so oft aufgelegt.

„Wer ist da? Ich höre genau, dass jemand atmet!", sagte Millie einmal.

Da rief ich vier Tage lang nicht mehr an.

Einmal kam Vesle aus ihrem Zimmer, als ich gerade auflegte. Ich hatte geglaubt, sie sei in der Schule. „Rufst du unsere Zwillinge an?", fragte sie. „Die es gar nicht gibt und die nie antworten?"

Ich nickte.

Sie nahm den Hörer ab und lauschte ein Weilchen.

„Das arme kleine Tuten. Es klingt so allein“, sagte sie. „Aber bestimmt wird’s bald wieder froh und macht klingeling!“

Vesle sagt immer genau das, was man hören will. Obwohl sie gar nicht weiß, um was es geht.

Aber Pelle rief nicht an. Und nahm nie den Hörer ab. Ich mochte die Tage schon gar nicht mehr zählen. Sie türmten sich wie schwere Bauklötze aufeinander und drohten umzukippen. Bald würden sie zusammenkrachen und mich unter sich begraben.

In der Schule waren alle sehr eigenartig. Das Komische war, dass sie nie von Pelle sprachen. Vielleicht hatten sie untereinander ausgemacht: „Niemand darf Sylvia Vanna sagen, wo Pelle ist. Das ist ein Geheimnis.“

Aber warum?

Eines Morgens wachte ich um fünf Uhr auf. Ich hatte geträumt, Pelle sei ein Bonbon. Ich lutschte ihn auf, bis er verschwunden war. Ich hatte ihn aufgegessen.

Ich stand sofort auf und zog meine Schulkleider an. Alles bis auf die Schuhe. Dann schlich ich aus dem Haus und ging barfuß die Straße entlang. Die Morgensonne schien warm. Die Bäume im Park warteten. Kein Mensch war unterwegs. Ich ging geradewegs zu Pelles Haus und drückte gegen die Haustür. Sie war offen. Da kletterte ich die Treppe hinauf und stellte meine Schuhe auf den Schuhabtreter vor Pelles Tür. Vorsichtig holte ich Luft und drückte die Türklinke hinunter. Als ob ich gewusst hätte, dass die Tür offen war. Irgendjemand musste vergessen haben, sie hinter sich abzuschließen. Vielleicht Gusten, als er mit dem Mülleimer hinausging. Ich machte einfach auf und trat ein.

Jetzt war ich fast am Ziel meiner Wünsche, mitten in ihrem Flur. Ich stieg über die Millionen Schuhe, die herumlagen, und blieb im Wohnzimmer stehen und hörte Gusten schnarchen. Durch die halb offene Schlafzimmertür sah ich Millie wie eine kleine Katze zusammengerollt liegen. Ihre Hand hing über die Bettkante. Sie konnte ja nicht ahnen, dass ich da war. Bestimmt war ich unsichtbar. Sachte ging ich zu Pelles Tür hinüber und schob sie behutsam auf.

Da lag er! Irgendjemand hatte ihn hingezaubert.

Mit drei leisen Schritten war ich am Bett. Ich sah ihn lange an. Tatsächlich! Es war wirklich Pelle, der da lag. Seine typische Nase, seine roten Backen, sein komischer Mund, seine dichten Augenwimpern, die wie Zahnbürsten aussahen. Er sah aus wie immer, war nur braun gebrannter als sonst. Seine Arme lagen kreuz und quer über und unter der Decke, und ein Fuß hing auf den Boden hinunter.

Zuerst wollte ich mich nur an ihm satt sehen und dann wieder hinausschleichen, bevor jemand aufwachte. Am liebsten hätte ich ein Andenken mitgenommen, einen Schuh oder so, um ihn hinterher damit zu ärgern. Ich könnte ihn mit der Post zurückschicken! Beim Gedanken daran musste ich so in mich hineinkichern, dass ich ihn beinahe geweckt hätte. Aber ich wollte noch nicht gehen. Ich ging zurück und machte die Zimmertür leiser als leise zu. Dann setzte ich mich auf die Sofakissen am Bettende. Pelle schläft nämlich auf einer Bettcouch und ist abends immer zu faul, die Kissen wegzuräumen.

Wenn jemand kommt, kann ich ja immer noch zum Fenster hinausfliegen, dachte ich.

In diesem Augenblick kam mir nichts unmöglich vor.

Ich schob meine Zehen unter die Decke, um sie an Pelle zu wärmen. Aber er wachte nicht auf.

So blieb ich hundert Jahre lang sitzen. Nach einer Viertelstunde wackelte ich mit den Zehen. Pelle lächelte im Schlaf. Er sammelte seine Arme ein und kniff die Augen zu. Plötzlich fuhr seine Hand heraus und packte mich am Bein. Ohne ein Wort schlug er die Augen auf.

„Ich hab gerade geträumt, du wärst hier!“, war das Erste, was er sagte.

Doch da hatte er meinen Fuß schon längst so herumgedreht, dass ich zu ihm hinunterpurzeln musste. Und ich hatte mich unter die Bettdecke gewühlt und mich bequem hingelegt, sodass wir uns besser küssen konnten.

„Wie war's in England?“, fragte ich.

„Klasse. Eine völlig irre Schule. Aber echt gut. Total durchgeknallt. Mal waren Ferien, dann wieder Schule. Während des Unterrichts konnte man machen, was man wollte, und die Lehrer waren in Ordnung. Wir haben fast die ganze Zeit im Zelt geschlafen. Und in der Schule liefen die Mädchen den Jungs nach, und nicht umgekehrt.“

„Na und, was ist denn dabei?“

„Da weiß man ja gar nicht, wohin!“, sagte Pelle.

„Du kannst doch auf Bäume klettern, oder nicht?“

„Ja, schon, aber ich will lieber selbst hinter den Mädchen herlaufen!“

„Da weiß ich eine Lösung“, sagte ich. „Alle Mädchen und alle Jungs laufen im Kreis hintereinander her, dann weiß man nicht, wer vor oder hinter wem herläuft!“

Pelle kniff die Augen zu und lachte in sich hinein, damit niemand aufwachte. Wir küssten uns noch eine Weile kreuz und quer im Bett. Dann stand ich auf.

„Wohin gehst du?“, fragte Pelle misstrauisch.

„Ich muss jetzt nach Hause“, erklärte ich. „Ich bin nämlich gar nicht hier. Ich liege daheim im Bett und schlafe.“

„Wie bist du eigentlich hergekommen?“

„Du hast mich doch hergeträumt!“

Kaum hatte ich das ausgesprochen, da hörten wir draußen Hausschuhe schlurfen. Ich wollte mich auf einen Stuhl setzen und abwarten, aber Pelle kippte mich blitzschnell um und warf mir die Bettdecke über den Kopf.

„Was ist denn das für ein Gemurmel hier?“, fragte Millies Stimme.

„Geh raus“, sagte Pelle und lachte. „Doch! Tu, was ich sage. Ich brauche morgens meine Ruhe. Hörst du nicht, was ich flüstere? Raus mit dir zum Zähneputzen! Zieh Leine!“

„Das sind ja ganz neue Töne“, sagte Pelles Mutter säuerlich, als ob sie ahnte, dass ganz in der Nähe ein Hund begraben lag.

„Ich bin Tarzan und Supermann und Obelix in einer Person, ich dulde keine Kommentare. Raus!“

Die Hausschuhe schlurften über den Fußboden, und dann schlug eine Tür zu. Pelle fuhr hoch und stürzte in Windeseile in seine Kleider.

„Warum bist du nicht in der Schule gewesen?“, flüsterte ich.

„Ich muss die Prüfung für die Klasse über euch machen“, flüsterte Pelle zurück. „Meine Alte hat sich das in den Kopf gesetzt. Sie lässt nicht mehr locker.“

„Komm heraus, dann kriegst du dein Frühstück!“, schrie Millie aus der Küche.

„So früh?“, murmelte Gusten.

Pelle ging hinaus und scheuchte seinen Vater in die Küche. Als ich alle Stimmen in beruhigender Entfernung hörte, schlich ich in den Flur hinaus und schlüpfte in die Schuhe auf dem Schuhabtreter. Von Pelle brauchte ich mich nicht zu verabschieden, jetzt wusste ich ja, wo er war.

In der Schule sagte Love zu mir: „Wo steckt denn Pelle in letzter Zeit? Nach der Schule geh ich mal bei ihm vorbei. Kommst du mit?“

„Er muss in die Klasse über uns“, erklärte ich.

Der Bann war gebrochen.

Verstecken im Dunkeln

Als ich an diesem Abend gegen halb elf nach Hause kam – Papa war wieder fort –, kam es mir dort wie in einer warmen Bärenhöhle vor. In allen Zimmern schnaufte es friedlich vor sich hin.

Vesle lag zwischen ihren acht Teddys eingeklemmt. Mama hatte die Bettdecke so fest um sie eingesteckt, dass keiner von der ganzen Gesellschaft herausfallen konnte, und wenn sie noch so wilde Träume haben würden. Vesle muss immer mit acht Teddys schlafen. Sie findet es schrecklich unbequem, macht es aber den Teddys zuliebe. Wenn nur ein Einziger von ihnen fehlt, kann sie nicht schlafen. Vesle muss immer wissen, dass es allen gut geht.

Jeppe spielte unter dem Betttuch mit seiner neuen Taschenlampe Eisenbahn. Bevor ich hineinging, sah ich sie rot und grün aufglimmen. Aber als ich mich zeigte, stellte Jeppe sich schlafend.

Dann ging ich zu Mama und Charlie Karlsson und der Katze. Wenn Papa nicht da ist, schlafen die drei immer zusammen. Charlie heißt eigentlich Karl. Aber als Mama merkte, dass Papa ihr in einem schwachen Moment einen Bahnhofsnamen angedreht hatte – Karlberg! – und dass sie ihn nicht umtaufen konnte, begann sie, ihn Charlie Karlsson zu nennen.

Charlie lag in Papas Bett und nuckelte am Daumen. Ich streckte einen Finger aus, um auszuprobieren, was geschehen würde, wenn ich ihm den Daumen rauspulte. Aber Mama hinderte mich daran. Da bückte ich mich hinunter und schnupperte an seinen Haaren. Man wird ganz andächtig davon, so gut und warm riecht das. Mama sah mich an. Wir lächelten uns zu. Ich spürte, dass sie sowohl mich als auch den warmen Duft und den ganzen Pelleabend verstand.

„Die Zeit der Wunder ist also doch noch nicht vorbei, wie ich sehe", murmelte sie.

Die Katze hob ihren Kopf aus ihrer Schlafmulde und sah uns mit ihren verschlafenen grünen Augen an. Sie streckte eine Pfote aus und legte sie vorsichtig auf Mamas Mund. Wahrscheinlich fand sie genau wie ich, dass man nicht alles zerreden soll.

Bei Pelle war es einfach fantastisch gewesen.

Seine Mutter hatte mir zweimal erklärt, dass Pelle in die nächste Klasse müsse, es koste, was es wolle, und: „Dann muss er so viel lernen, dass er dieses Schuljahr wirklich keine Zeit mehr für etwas anderes hat." Ich sagte nichts. Pelle sah verlegen aus. Er kapierte doch hoffentlich, was sie vorhatte? Aber er widersprach ihr nicht. Nur Love sagte: „Und was ist, wenn unsere ganze Klasse hinaufspringt?"

„Ihr bestimmt nicht", sagte Frau Marosi.

Dann fragte sie, ob ich für die letzten Schuljahre nicht lieber in die Mädchenschule überwechseln wolle, dort sei es doch einfacher, gute Zeugnisse zu bekommen. Falls ich etwas werden wolle oder so. Als ob ich sonst nicht zurechtkäme!

„Komm, gib's auf!", sagte Pelle zu seiner Mutter.

Ich habe die Anspielung wohl gemerkt, auch wenn sie

fein war, sagte die Magd, der man Dreckschwein nachschrie, dachte ich. Aber ich antwortete nicht, dazu war ich zu traurig. Es ist so sinnlos, sich mit Erwachsenen herumzustreiten. Wenn sie gemein sein wollen, lassen sie sich nicht davon abhalten.

Als wir in Pelles Zimmer kamen, dauerte es noch eine Weile, bis wir wieder guter Laune waren.

„Was soll denn dieser Schwachsinn mit dem Überspringen?", fragte Love. „Bist du größenwahnsinnig geworden?"

„Man kann es ja mal versuchen", meinte Pelle. „Dann hört sie wenigstens auf, herumzumeckern. In Englisch bin ich jetzt besser ..."

„So, tatsächlich?", fragte Love. „Wer's glaubt, wird selig!"

Pelle lachte. „Je schneller man die Penne hinter sich bringt, desto besser."

Love machte ein nachdenkliches Gesicht. Er war viel besser in der Schule als Pelle. Wenn Pelle springen kann, dann kann Love es auch. Aber Love sah mich nur an und begann, Faxen zu machen.

„Ich brauch keine Klasse zu überspringen, weil ich nämlich nichts werden muss. Ich bin schon was. Ich bin Torwart. Das bist du nicht. Und außerdem bin ich der Vetter der Tante des Neffen von Dracula. Jetzt sauge ich euch das Mark aus ..."

Er warf sich auf Pelle. Schließlich konnte er nicht gut bei mir mit dem Blutsaugen anfangen, weil ich Pelles Freundin war. Pelle machte einen Satz nach hinten und sprang aufs Bett, dann hüpfte er auf den Schreibtisch hinüber, rutschte dabei auf einem Buch aus und warf die Lampe hinunter. Aber Love konnte sie gerade noch auffangen. Dann spielten wir Draculafangen, dass es nur so spritzte. Pelles Mutter war nämlich einkaufen gegangen. Als es dunkel wurde, zogen wir das Rollo herunter und spielten Verstecken im Dunkeln. Love musste suchen.

„Du musst mindestens bis zweihundert zählen“, befahl Pelle. „Hier gibt’s so wenig gute Verstecke.“

„Mir machst du nichts vor! Ich weiß genau, warum ich so lange zählen soll“, sagte Love. „Ich zähle, wie es mir passt.“

Er stand in der Küche mit dem Gesicht zum Kühlschrank. Ich schlich ins Wohnzimmer, und Pelle schlich hinterher. Er zog mich in die Nische neben der Küchentür. Dort kauerten wir, bis Love „Hundert“ brüllte und angerannt kam. Nachdem er im Badezimmer gewesen und weitergegangen war, krochen wir dort hinein. Mit angehaltenem Atem setzten wir uns in die Badewanne. Pelle tastete im Dunkeln nach meinem Kopf und zog mich näher an sich heran, um mich zu küssen. Jetzt hatte er wieder Feuer gefangen, weil Love in der Nähe war.

„Zähl mal, wie viele wir schaffen, bevor er uns findet“, hauchte er.

Das fand ich Love gegenüber unfair. Für ihn konnte es ja nicht besonders schön sein, im Dunkeln Verstecken zu spielen, wenn wir nur dahockten und uns küssten und nicht einmal den Versuch machten, uns freizuschlagen. Aber es war unmöglich, sich von Pelle loszureißen. Er war so warm und lustig und voller Unsinn, und ich hatte mich so sehr nach ihm gesehnt.

Natürlich hatte Love bald die Nase voll. Zuerst wollte er nicht noch einmal suchen, obwohl wir uns beide freischlagen konnten. Dann bekam er eine Stinkwut auf Pelle, weil der ihn auf dem Weg zum Kühlschrank geschubst hatte. Sie zankten sich eine Weile und boxten sich halb im Spaß, halb im Ernst. Dann sagte Love, er müsse heimgehen. Und das tat er auch.

Hinterher stand Pelle ganz verdattert im Flur. Love ist Pelles bester Freund. Aber sie haben sich schon öfter gestritten.

Pelle ging in sein Zimmer und schleppte den kleinen Filmprojektor an. Er hatte einen kurzen Chaplinfilm bekommen, den er mir unbedingt zeigen wollte. Er richtete den Filmstrahl auf die weiße Schranktür, aber der Filmstreifen war falsch eingespannt. Chaplin stand auf dem Kopf und ging mit den Füßen nach oben. Wir mussten uns mit den Köpfen nach unten auf die Bettkante legen, um den Film richtig zu sehen.

Pelle interessierte sich nicht für den Film, sondern begann, mich zu streicheln, während ich dalag und lachte. Obwohl es dunkel war und obwohl Chaplin herumstolperte und sich dusslig anstellte, spürte ich, dass Pelle ernst war.

Noch nie zuvor hatte Pelle mich so gestreichelt. Ich wagte mich kaum zu bewegen. Und ich wagte auch nicht zu fragen, woran er dachte. Wenn der Film nur ewig gedauert hätte … Aber er dauerte nur knappe sieben Minuten.

„Was glaubst du, wie lange kann man so weitermachen?", fragte Pelle, als der Streifen aus war. Seine Stimme klang, als ob er plötzlich Stimmbruch bekommen hätte, aber ich glaube, es lag daran, dass er so ernst war.

Ich wusste nicht, was ich antworten sollte. Aber ich begriff natürlich, dass er nicht von dem Film sprach.

„Wir sind ja erst dreizehn", sagte Pelle.

„Ich weiß nicht", sagte ich.

Denn ich wollte Pelle nichts vormachen.

Aber eigentlich war das eine dumme Antwort. Es musste ja weitergehen, es durfte nie aufhören.

„Wenn man es richtig gerne will, kann man eine Sondererlaubnis bekommen“, sagte ich. „Obwohl man noch nicht achtzehn ist. Wenn man heiraten muss.“

„Und wenn man es nicht muss? Wenn man es nur will? Dann dauert es noch viele Jahre.“

„Wie viele Kinder hättest du gern?“, fragte ich.

Doch da war es mit Pelles Ernst aus und vorbei. „Was, Kinder? Was ist denn das? Ach so, Kinder?! Mal sehen ...“

Er sah mich an.

„Zwei“, sagte er dann.

„Das war die richtige Antwort. Das hatte ich mir auch gedacht“, sagte ich.

„Denk lieber nicht, das bringt dich nur durcheinander“, sagte Pelle.

Dann wollte er wissen, ob ich außer ihm schon jemanden geküsst hätte.

Ich überlegte, ob ich ihm von Evald erzählen sollte oder nicht. „Und du?“

„Ja, in England“, sagte Pelle. „Du hast doch gesagt, ich solle auf einen Baum klettern. Also, auf dem Baum saß ein Mädchen und aß einen Apfel. Ich wusste nicht so recht, was ich tun sollte. Auf jeden Fall bekam ich Lust auszuprobieren, wie es wäre, jemand anderen zu küssen. Also hab ich's getan.“

„Und sie, was hat sie getan?“

„Die – die hat einfach weiter an ihrem Apfel herumgekaut“, grinste Pelle.

Da erzählte ich von Evald.

Ich konnte nicht sehen, was für ein Gesicht Pelle machte, weil er immer noch hinter mir lag. Aber er sagte: „Wahrscheinlich geht es nicht, dass man immer nur mit einem zusammenbleibt. Wenigstens nicht, wenn man so früh anfängt. Es dauert so schrecklich lange, bis man zusammenziehen kann. Da kann so viel dazwischenkommen …"

Ich finde es gut, wenn er sagt, wie es ist. Es würde mir überhaupt nicht gefallen, wenn Pelle immer gleich mit „Dein für ewig" ankommen würde. Die Wirklichkeit ist mir lieber, und ich kann es gar nicht leiden, wenn man so tut, als ob alles eitel Wonne wäre. Aber gleichzeitig ist es schrecklich. Denn ich weiß ja, dass ich immer nur Pelle gern haben werde, egal, was passiert. Und ich will, dass Pelle wenigstens glauben soll, dass ausgerechnet wir für immer zusammenhalten können.

Wir schwiegen ziemlich lange.

Weit weg klapperte es im Schlüsselloch, und plötzlich hörten wir Schritte im Flur.

„Meine Alte", sagte Pelle und versuchte, sich aus dem Bett zu hieven, um den Filmstreifen wieder einzusetzen. Doch da ging das Licht an.

„Es gefällt mir gar nicht, dass ihr so im Dunkeln herumliegt!" Pelles Mutter stand wie angewurzelt auf der Schwelle und starrte uns mit hochrotem Gesicht an.

„Menschenskind, wir sehen uns bloß den Film an …", versuchte Pelle. Er wurde wütend. „Wir wollen Chaplin noch mal angucken, vorhin war er auf dem Kopf! Mach das Licht aus!"

„Nein, jetzt musst du lernen, und Sylvia geht nach Hause", sagte Frau Marosi. „Ihre Eltern warten bestimmt schon. Ich dachte, du hast Deutsch lernen wollen!"

„Das hast du gar nicht gedacht!", gab Pelle zurück.

Ich stand auf. Pelle brachte mich zur Tür.

„Ruf lieber nicht an, wenn meine Alte zu Hause ist, dann kriegt sie nur Zustände", flüsterte Pelle, bevor er die Tür zumachte.

Als ich daran dachte, konnte ich nicht einschlafen.

Das war damals. Als Pelle und ich dreizehn waren. Im vorigen Herbst. Jetzt ist es beinahe Frühling. Pelle durfte die Aufnahmeprüfung in die nächsthöhere Klasse machen und rutschte mit Müh und Not hinüber. Seine Mutter ging extra zum Rektor, sprach mit ihm, und Pelle konnte zur Probe in der Klasse bleiben. Ich sehe ihn in den Pausen, aber es ist nicht mehr wie früher. Ich habe ja keine Ahnung, was er den ganzen Tag so treibt. Love trifft er immer noch, weil sie zusammen Eishockey und Fußball trainieren, aber davon habe ich nichts. Es ist grässlich, ihn nur auf dem Schulhof zu sehen und nicht richtig mit ihm zusammen zu sein. Jeder Blick von ihm zieht mich wie ein Magnet an. Manchmal erzählt Love ein bisschen von Pelle. Love ist nett. Es ärgert mich, dass Love besser Bescheid weiß als ich.

Aber ich kann Pelle nicht mehr anrufen.

Eines Tages, als ich es keinen Augenblick länger aushielt, tat ich es doch. Es war gleich nach der Schule, mitten am Nachmittag. Zu der Zeit konnte außer Pelle eigentlich niemand bei ihnen zu Hause sein. Aber trotzdem war Pelles Vater am Apparat. Ich legte sofort den Hörer auf. Mama kam nämlich gerade zur Tür herein. Ich hatte geglaubt, sie sei beim Friseur.

Gleich darauf läutete das Telefon. Ich antwortete. Das tue ich immer, für den Fall, dass es Pelle ist. Aber es war sein Vater.

„Hast du vorhin angerufen?“, fragte er.

Ich wusste nicht, was ich sagen sollte. Meine Zunge streikte einfach. Ich wurde so verlegen, dass mir von Kopf bis Fuß siedend heiß wurde. Ich stotterte: „Nein ... doch ...

ich wollte eigentlich nur fragen, ob Pelle da ist …“, brachte ich schließlich heraus.

Gusten war genauso verlegen. „Das macht nichts, sag nur, dass du es bist. Du musst schon entschuldigen, aber in letzter Zeit haben wir eine Menge seltsamer Anrufe gehabt“, sagte er. „Da ruft immer wieder jemand an, ohne etwas zu sagen, und Millie glaubt, dass irgendwas Verdächtiges dahintersteckt, was mit unserem Geschäft zu tun haben könnte. Du musst schon entschuldigen“, sagte er noch einmal.

„Ist Pelle da?“, sagte ich dann, denn was hätte ich sonst sagen sollen.

Aber Pelle war auf dem Sportplatz und würde erst spät wiederkommen.

„Ich richte ihm aus, dass er dich anrufen soll“, sagte Pelles Vater feierlich und versuchte so zu tun, als ob gar nichts vorgefallen wäre.

Seitdem habe ich Angst, das Telefon nur anzufassen. Pelles Mutter weiß natürlich genau, was sie tut. Sie ahnt bestimmt, dass ich diejenige bin, die immer anruft. Und jetzt will sie mich erwischen.

Pelle rief an diesem Abend nicht an.

Maggan fragt manchmal, wie es denn mit Pelle wäre. Aber ich werde ihr nichts sagen. Ich will nicht, dass sie mich bemitleidet; ihre Ergüsse dauern immer so entsetzlich lang, und trösten könnte sie mich doch nie. Übrigens weiß ich noch gar nicht, ob es tatsächlich aus ist. Ich habe nur das Gefühl, dass es so ist.

Pelle und ich haben uns schon seit einem Monat nicht mehr gesehen.

Ich muss etwas unternehmen, um nicht dauernd an Pelle zu denken. Zu Hause halte ich es nicht aus, da denke ich andauernd ans Telefon. Und Mama wage ich kaum anzugucken, weil sie dann gleich merkt, was mit mir los ist. Da ist es am besten, den Skizzenblock unter den Arm zu klemmen, hinauszugehen und irgendetwas abzuzeichnen. Manchmal gehe ich zum Brückenbau. Und manchmal gehe ich zum Zirkus und zeichne die Artisten beim Training.

Dort im Zirkus ist es herrlich. Die großen Pferde schaukeln durch die Arena und lassen ihre Mähnen flattern, als wüssten sie, wie schön sie sind. Jeder schreit jeden an, kleine spitze Schreie, die wie Schwalbenschreie klingen. Und es stört niemanden, dass man dort sitzt und zeichnet. Man darf nur nichts sagen oder sich zu viel bewegen. Die Tiere dürfen nicht unruhig werden. Das wäre lebensgefährlich für die Artisten. Tirza könnte herunterfallen und sich den Hals brechen. Und Jiri würde fuchsteufelswild werden. Tirza ist so alt wie ich, sie will so schnell wie möglich Kunstreiterin werden. Jiri ist ihr Onkel, der sie trainiert.

Einmal kam ich an einem großen Gebäude vorbei. Über der Eingangstür stand „Amtsgericht". Ich ging hinein und erkundigte mich, ob man da vielleicht zeichnen dürfe. In einem kleinen Saal im ersten Stock wurde gerade eine Verhandlung geführt, die etwas mit Motorrädern zu tun hatte. Es waren kaum Zuschauer da, nur ein paar vereinzelte Gestalten. Und langweilig war es auch. Plötzlich sah ich Solveig in einer Ecke sitzen. Solveig, die im Park immer beim Völkerball dabei war.

„Was machst du denn hier?", flüsterte ich.

„Mein Freund ist dran. Er hat 'ne 250-Kubikmaschine von einem Typen geliehen und kaputtgefahren. So ein Schwachkopf! Wenn sie ihn freisprechen, gehen wir nachher feiern. Kommst du mit?"

Ich wartete und zeichnete ihren Freund für sie ab. Sie lächelte ihm die ganze Zeit zu, obwohl er ihr den Rücken zukehrte.

„Guck mal, was er für Ohren hat!“, flüsterte Solveig. „Ist er nicht himmlisch? Hast du auch ’nen Freund?“

Ich nickte. Haben und haben. Man kann einen anderen Menschen nicht besitzen, sagt Mama immer. Aber ich kann ja wenigstens an Pelle denken. „Woher weißt du, dass du ihn hast?“, flüsterte ich. „Wie heißt er?“

„Weil ich mit ihm ins Bett gehe. Wie denn sonst? Johan!“, flüsterte Solveig zurück. „Er wird so leicht deprimiert, darum muss ich zu ihm halten, sonst klaut er nur fremde Motorräder, um sich zu trösten ... Aber was er da vorne zusammenfaselt, der arme Irre, das geht nie gut! ... Heute Abend können wir wahrscheinlich allein ins Kino gehen, du und ich. Diesmal rasselt er rein.“

Ich wartete noch eine Weile.

„Du brauchst nicht mehr zu warten“, sagte Solveig. „Wir sehen uns noch.“

Solveig hat mir schon immer gefallen.

Auf dem Heimweg machte ich einen meilenweiten Umweg in Richtung Kirche, um mich daran zu gewöhnen, nicht immer in Pelles Richtung zu gehen. Ich wollte feststellen, ob ich es überhaupt fertig brächte. Als ich auf der Friedhofsmauer balancierte, konnte ich auf den Sportplatz hinunterschauen. Und dort unten sah ich eine kleine Gestalt, die konnte nur Pelle sein, das war so sicher wie das Amen in der Kirche. Ich erkenne ihn zehn Kilometer gegen den Wind an seinen Bewegungen. Ein paar Mädchen spielten Korbball, und Pelle sah zu. Als sie zum Umkleideraum hinübergingen, lief er hinter einer her und legte ihr den Arm um die Schulter. Ich hatte ganz vergessen, dass der Sportplatz in der Nähe der Kirche lag. Oder hatte ich das doch nicht vergessen?

Dort oben auf der Mauer war der ideale Platz zum Heulen. Kein Mensch war in der Nähe, und Pelle würde bestimmt nicht herkommen.

Eigentlich ist es doch nicht schlimmer, wenn Pelle den Arm um das Mädchen legt, als dass er diesen Baumaffen in England geküsst hat, versuchte ich mir einzureden. Aber das half nichts. Wahrscheinlich wusste ich sogar, wer das Mädchen auf dem Sportplatz war. Sie heißt Anja. Love hatte gesagt, dass ein Mädchen namens Anja ganz verrückt nach Pelle sei. Mir wäre es viel lieber, wenn ich das nicht wüsste. Anja ist vielleicht ein wirklich nettes Mädchen, wie kann ich da verlangen, dass Pelle mich lieber haben soll? Hauptsache, Pelle ist froh; wenn er froh ist, gefällt er mir am allerbesten ... Aber trotzdem, Pelle so zu sehen, das tut auch von weitem weh. Ich weinte eine Menge Tränen. Dann versuchte ich, eine Träne mit dem Finger an einen kahlen Zweig zu hängen. Eigentlich wollte ich eine lange Tränenreihe aufhängen, es sollte so aussehen, als ob es geregnet hätte, aber das ging nicht. Plötzlich bekam ich solchen Hunger, dass ich nach Hause musste.

„Warum darf man einen anderen Menschen nicht besitzen?“, fragte ich Mama. „Das wäre doch nicht so schlimm, oder? Warum darf man ihn nicht in eine kleine Schachtel stecken oder ihn in der Schule in ein Schrankfach einschließen und ihn nur ab und zu herausholen und anschauen?“

„Dann würde der andere Mensch sich nur noch wegwünschen und einen aus ganzem Herzen verabscheuen. Man würde zu einem Gefängniswärter werden. Und das wäre doch nicht besonders schön, oder?“, sagte Mama.

Sie hielt einen Brief in der Hand, den sie mir jetzt lächelnd reichte. Er kam von einem Krankenhaus, das sah ich am Umschlag. Auf der Rückseite las ich Pelle. Pelle Marosi. Ich verstand gar nichts mehr. Pelle war im Krankenhaus. Er hatte mir einen Brief geschrieben.

„Na, das war wohl der verkehrte Kummer, sagte die Alte, die am falschen Grab weinte", lachte Mama.

Sie wusste nicht, wie Recht sie hatte. Über was hatte ich denn am Sportplatz so bittere Tränen vergossen?

So schrieb Pelle: „Wie du siehst, bin ich übergeschnappt und schreibe Briefe. Ist doch Klasse, sagst du. Nein, sage ich. Doch, sagst du. Klar ist es das. Und so machen wir eine Stunde lang weiter. Dann merken wir, dass es langweilig wird. Mir tut mein olles Knie wieder weh. Letzte Woche am Mittwoch sollte ich Hochsprung machen. Da ging mein Knie wieder kaputt. Hier ist es wahnsinnig spannend. Ich bin nämlich operiert worden! Soll ich es dir erzählen?

Ach so, lieber nicht? – Na, dann erzähl ich's, um dich zu ärgern! Letzte Woche bin ich auf Krücken rumgehumpelt, sagenhaft! Ein Arzt hat an meinem Knie rumgedrückt und rumgefummelt, bis ich ihm am liebsten einen Kinnhaken verpasst hätte. Dann kam ich zum Röntken (wie schreibt man das?), und der Professor sagte: ‚Dieses Knie werden wir morgen operieren müssen.' Da habe ich nach meinen Krücken Ausschau gehalten, das kannst du mir glauben!

Findest du das langweilig? – Ja? Gut, dann mache ich weiter.

Sie jagten mir mindestens drei Spritzen ins Knie, und der Arzt sagte: ‚Das spürst du doch nicht?' Es tut mir richtig leid, dass ich ihm bei dieser Gelegenheit keine verpasst habe! Dann haben sie mir das Bein rasiert und eine Menge Tests gemacht.

Am nächsten Tag wurde ich auf einer Bahre durch die Korridore gerollt, in den Operationssaal, wo der Professor und die Ärzte und eine Menge Schwestern mit Tüchern vor dem Gesicht herumstanden. Genau wie im Kino! Dann bekam ich eine Rückenmarksnarkose, aber die wirkte nur in den Füßen, geschah ihnen ganz recht, also mussten sie mir doch eine Vollnarkose geben. Ich schlief die ganze Zeit, während sie an mir herumschnipselten. Jetzt spüre ich nicht besonders viel von der Operation, mir tut nur alles weh. Mein Hals und mein Rücken und meine rechte Leiste. Jeden Abend bekomme ich eine Spritze zum Einschlafen.

Jetzt kommt das Essen. Das macht besonders viel Spaß. Es ist nämlich ziemlich schwierig, auf dem Rücken liegend zu essen. Jeder zweite Löffel landet neben dem Mund ... So, der erste Löffel lief den Bauch hinunter, aber auf der falschen Seite. Was hast du gesagt? – Auf der Außenseite natürlich! Und jetzt windet sich ein halber Liter Suppe am Schlüsselbein entlang. Hurra, vierzehn Löffel in den Mund und elf daneben. Ich habe gewonnen!

Wenn du Lust hast, mich zu besuchen, kannst du donnerstags zwischen eins und zwei kommen. In meinem Zimmer sind wir zu viert: Andersson, ein Mordsangeber, hat es schon bei sämtlichen Schwestern versucht. Und sie scheinen von ihm begeistert zu sein. Er grinst die ganze Zeit vor sich hin. Lindgren, der hat's mit der Hüfte. Tagsüber ist er weinerlich, aber abends taut er auf und spielt manchmal Mundharmonika. Und dann ‚Gotland', typischer Provinzler. Dem gefällt's hier unglaublich gut! Fünfundsechzig Jahre alt. Manchmal singt er mit seiner Fistelstimme alte Walzer und schlägt auf der Bettkante den Takt dazu. Wenn er aufhört, sagt er immer: ‚Ein schönes Lied, das!' Du solltest ihn sehen, wenn er auf dem Topf sitzt! Ein erhebender Anblick! Heute Nacht hat er einen Albtraum gehabt. ‚Mein Magengeschwür ist am Bein aufgegangen!', sagte er im Schlaf. Abends geht das große Gequassel los. Mann, da wird vielleicht was zusammengefaselt! Bin jetzt gründlich verdorben. Wirklich! So, jetzt kann ich nicht mehr schreiben. Morgen kommen die Nähte raus.

Es hat wohl nicht viel Sinn, dass du herkommst und mich besuchst. Die Zeiten sind ja so unmöglich, und überhaupt dürfen immer nur zwei kommen. Die Jungs wollen vielleicht auch mal herkommen. Jetzt kommt der ‚Großhändler' und sammelt alle Briefe ein, die auf die Post sollen. Tschüs, Pelle."

Zehn Seiten und mindestens eine Woche lang war der Brief. Wenn ich jetzt so dumm gewesen wäre und ihm eine Karte geschrieben und Schluss gemacht hätte, nur weil ich mir eingebildet hatte, dass ich ihn mit Anja auf dem Sportplatz gesehen hatte! Das hatte ich nämlich tatsächlich vorgehabt.

Doch dann fiel mir ein, dass das ja das Gleiche wäre wie die Sache, die Bertil mit mir versucht hatte. Was für ein Glück, dass ich nicht dazu gekommen war, alles wieder durcheinander zu bringen!

Wie hatte Pelle sich das eigentlich gedacht? Wollte er Besuch haben oder nicht? Das braucht er gar nicht zu entscheiden, das entscheide ich, dachte ich und rief seine Mutter an.

„Guten Tag, hier ist Sylvia. Wie lange bleibt Pelle noch im Krankenhaus?", fragte ich.

„Pelle ist schon wieder zu Hause. Jetzt ist er unten auf dem Sportplatz und führt sein Bein vor", sagte Frau Marosi.

Man kann nicht dauernd am helllichten Tag Angst vor Gespenstern haben. Manchmal vergesse ich einfach, mir Sorgen darüber zu machen, wie es mit Pelle und mir weitergehen wird. Erst heule ich, weil er nie anruft, und dann pfeife ich drauf. Außerdem weiß ich ja nicht, ob er mich vielleicht doch noch mag! Man kann sich nie auf seine eigenen Gefühle verlassen, das habe ich deutlich gemerkt, als ich Pelles Brief bekam. In dem Augenblick, als ich mir das Herz aus dem Leib heulte, lag Pelles Brief zu Hause und wartete auf mich. Dann, als ich den Brief gelesen hatte und so froh war, dass ich Bäume hätte ausreißen können – da war er doch mit den anderen draußen. Vielleicht sogar mit Anja.

Wie ich mich fühle und wie es in Wirklichkeit aussieht, das sind zwei Paar Stiefel. Ich entscheide selbst, ob ich lachen oder weinen will. Aber ich glaube nichts mehr, bevor ich es gesehen habe. Und das Ende unserer Geschichte habe ich noch nicht gesehen.

„Ich werde Rejne nie mehr wiedersehen, das spüre ich ganz genau. Er liebt mich nicht mehr“, sagte Maggan neulich, als sie wieder eine Heulstunde hatte.

„Das bildest du dir ein“, sagte ich. „Man kann schließlich nie wissen!“

„Doch, er hat gesagt, es hätte keinen Sinn mehr mit uns beiden. Weil ich nicht mit ihm schlafen will. Er hält es nicht mehr aus, immer zu warten, sagt er, immerhin ist er zwanzig. Aber ich wage es nicht, wegen meiner Mutter. Die würde mich ja umbringen, wenn es rauskäme.“

Wir saßen in Maggans Zimmer und zeichneten Comics. Ich zeichnete einen Zirkuscomic mit einem Mädchen, das wie Tirza aussah. Maggan malte einen Comic über ein Mädchen mit Korkenzieherlocken, das aussah wie sie selbst.

„Wenn ich nur wüsste, was ich tun soll“, schluchzte Maggan.

„Du kannst doch zur Sexualberatung gehen und fragen“, schlug ich vor. „Die bringen einem alles über Verhütungsmittel und so bei. Das haben sie doch in der Schule gesagt.“

„Du spinnst wohl“, sagte Maggan. „Wenn meine Mutter das erfährt, kann ich mich nie mehr nach Hause wagen!“

Maggan weinte, ihre Tränen tropften aufs Papier und verschmierten die Farben. „Alles ist so sinnlos, ich will nicht mehr leben! Jetzt habe ich auch noch die Farben verschmiert!“

Mitten in allem Elend mussten wir lachen. Maggans Mutter brachte zwei Stücke Marmorkuchen auf einem Teller herein. „Was gibt's denn hier zu heulen?“, fragte sie. „Du hast doch keinen Grund, traurig zu sein. Sieh mal im Spiegel, wie du aussiehst! Naa? Was ist denn so tragisch?“

Aber wir antworteten nicht. Wenn wir bei Maggan sind, lasse ich sie bestimmen, wie wir uns verhalten sollen. Bei mir tun wir das, was ich für richtig halte.

„Ich kann ja für dich zur Beratung gehen“, sagte ich nach dem Marmorkuchen. „Oder du kannst zum Schularzt gehen. Du kannst die Schulschwester um einen Termin bitten. Sie soll wahnsinnig nett sein, das sagen alle.“

„Nie im Leben!“, sagte Maggan. „Stell dir vor, sie würden was fragen! Ob meine Eltern es erlauben oder so!“

„Das tun sie nicht, glaube ich. Sie sagen es auch niemandem. Sie haben ja Schweigepflicht. Die Beratung ist umsonst. Und die Pille kannst du mit einem normalen Rezept kaufen, die kostet nicht mehr als zwanzig Kronen. Auch wenn man sie für ein halbes Jahr im Voraus kriegt.“

„Woher soll ich zwanzig Kronen nehmen?“, fragte Maggan. „Ich kriege ja nicht mal Geld für den Bus, ohne dass meine Mutter mich ausfragt. Da muss ich vorher eine Bank überfallen! Woher weißt du eigentlich, dass das alles so ist?“

„Das hat meine Mutter mir gesagt“, erklärte ich. „Schon vor ein paar Jahren, sicherheitshalber, und sie hat auch gesagt, sie würde es mir bezahlen, wenn es nötig sein sollte.“

„Und was hat sie noch gesagt?“, wollte Maggan wissen.

„Sie sagte, ich solle zu ihr kommen, wenn ich etwas Dummes getan hätte. Sie würde immer versuchen, mir zu helfen, was es auch sei. Und dann sagte sie, es könne wundervoll sein, mit jemandem zu schlafen, aber auch langweilig oder grässlich, je nachdem. Und man müsse es selbst wollen und dürfe nie jemand anderen darüber entscheiden lassen. Nur wenn man jemanden sehr, sehr lieb hat, kann es wirklich gut werden, hat sie gesagt.“

„Ach, wenn ich deine Mutter hätte!“, seufzte Maggan. „Hast du dann auch zwanzig Kronen bekommen?“

„Nein, das würde ich lieber selbst bezahlen. Wenn es so weit ist, soll es ein Geheimnis zwischen mir und meinem Freund sein.“

„Ist es für dich und Pelle denn noch nicht so weit?“

Immer muss Maggan alles wissen. Wenn nur unsere Katze da gewesen wäre und ihr die Pfote auf den Mund gelegt hätte.

„Nein, das ist es nicht“, sagte ich.

Maggan überlegte. „Natürlich, du bist ein ganzes Jahr jünger als ich, du bist ja erst vierzehn. Bevor man fünfzehn ist, darf niemand mit einem schlafen. Das steht im Gesetz“, sagte sie schließlich. „Da brauchst du dir keine Sorgen zu machen! Du kannst alles aufs Gesetz schieben!“

Ich ließ sie glauben, was sie glauben wollte. Ich mache mir eigentlich keine Sorgen darüber. Mir ist viel wichtiger, dass ich nicht immer mit Pelle zusammen sein kann; dass ich nicht mit ihm Französisch lernen darf und vielleicht nicht sehen werde, wie seine Nase aussieht, wenn sie erwachsen ist. Ich will hören, was er sagt, ich will sein Gesicht sehen, wenn unsere Fantasiekinder mal richtige Kinder werden – falls wir jemals miteinander schlafen. Ich will, dass er noch einmal „Du darfst am Wasser gehen“ sagt. Ich mache mir Sorgen, dass Pelle ganz verschwinden könnte. Das ist etwas völlig anderes.

Aber das kapiert Maggan nicht. Sie versteht nichts vom Ernst des Lebens, das tut sie wirklich nicht. Vor allem habe ich Angst davor, dass ich Pelle vielleicht auch diesen Monat nicht lachen und herumalbern sehen kann.

„Woran denkst du?“, wollte Maggan wissen.

„An nichts“, sagte ich. „An die Hauptsache. Stör mich nicht.“

Ich habe Pelle einen langen Antwortbrief geschrieben, obwohl ich wusste, dass er schon wieder zu Hause war. Ich tat so, als ob der Brief schon geschrieben gewesen wäre, als ich Pelles Mutter anrief. Ich hatte nämlich solche Lust, ihm zu antworten. Zwölf Seiten wurden es. Zuerst schrieb ich die Krankenhausadresse auf den Umschlag, dann strich ich sie durch und schrieb seine richtige Adresse darüber. Als ob alles schon fix und fertig gewesen wäre, als ich anrief, und als ob ich keine Umschläge verschwenden wollte.

Pelle rief mich an, als er den Brief bekommen hatte. Er erzählte mir noch einmal die ganze Geschichte mit seinem ollen Bein. Doch dann musste er auf den Sportplatz hinunter und den Jungs beim Training zuschauen, sagte er. Das ist jetzt schon viele Wochen her.

Ich malte Tirza fertig, mit Trainingsanzug und allem Drum und Dran. Sie sieht wie alle meine anderen Wildinnen aus, nur ein bisschen menschlicher. Ich besserte Maggans zerweinten Comic mit etwas dunklerem Rot aus. Und dann wollte ich plötzlich gehen.

„Bleib doch noch ein bisschen", bettelte Maggan.

„Nein, ich habe Mama versprochen, Charlie Karlsson zu hüten, damit sie ins Kino kann", behauptete ich. Das war natürlich gelogen. Ich wollte einfach nur durch die Gegend laufen und an Pelle und mich denken. Ich werde immer so unruhig, wenn ich über ihn spreche. Dann habe ich keine Zeit für Maggan. Sie denkt ganz anders als ich.

Ich ging zur Bushaltestelle hinunter.

Der Bus, der in die entgegengesetzte Richtung fuhr, kam gerade. Ich flitzte zur gegenüberliegenden Haltestelle und erwischte ihn noch. Ich hatte nichts Besonderes vor, und so fuhr ich jetzt durch viele Straßen, die ich bisher noch nie gesehen hatte. Plötzlich stieg ich aus und fand mich vor einem Friseursalon wieder, der Dornröschens Kopf im Schaufenster ausgestellt hatte. Dornröschen hatte eine alte Perücke mit Korkenzieherlocken auf, und über allem lag eine dicke Staubschicht. Man konnte ganz deutlich sehen, dass sie hundert Jahre lang und noch ein bisschen mehr geschlafen hatte. Der Prinz hatte sich verirrt, und an seiner Stelle hatte ein Kopfjäger Dornröschen gefunden. Ich spähte durch ein Fenster hinein, in der Hoffnung, den Kopfjäger zu entdecken, aber der Salon war menschenleer.

Ein paar Häuser weiter war ein Plattenladen. Natürlich hatte er geschlossen. So blieb mir nichts anderes übrig, als wieder heimzufahren. Es tut mir immer gut, einfach in der Stadt herumzustromern und wildfremde Friseursalons an fernen Gestaden zu entdecken. Währenddessen passiert irgendetwas in einem drin. Hinterher ist man oft seine Sorgen los.

Aber daheim wartete Papa auf mich. Er war stinkwütend, weil er schon vor vielen Stunden nach Hause gekommen war und seitdem gewartet hatte. Jetzt wollte er wissen, wo ich gesteckt hätte, seit ich von Maggan weggegangen war. Ich versuchte ihm zu erklären, was es mit Dornröschen und dem Kopfjäger auf sich hatte, aber das ging nicht.

„Versuch nicht mich abzulenken. Was hast du dort oben verloren?“, brüllte er. „Und komm mir ja nicht mit Ausreden!“

Es ist völlig unmöglich, Papa davon zu überzeugen, dass alles in Ordnung und nichts passiert ist. Und ausgerechnet jetzt war Mama nicht daheim! Ich versuchte es noch einmal. „Muss man denn unbedingt etwas Verkehrtes gemacht haben, damit du zufrieden bist?“

„Du willst doch nicht etwa behaupten, dass du einfach so ans andere Ende der Stadt fährst? Was glaubst du wohl, was passieren würde, wenn ich mit meiner Lokomotive in ganz Schweden herumirren würde! Es gibt etwas, das Fahrplan heißt, und daran muss ich mich halten.“

„Ich nicht“, sagte ich. „Ich bin keine Lok. Ich bin der menschliche Faktor. Du bildest dir wohl ein, dass du uns alle von deinem ollen Führerstand aus lenken kannst, obwohl du nie zu Hause bist!“

„Ich weiß genau, dass ich das nicht kann. Das ist ja das Schlimme“, sagte Papa. „Ich weiß nicht, was ihr macht. Hier können die fürchterlichsten Dinge passieren, und ich kann nicht eingreifen!“

In diesem Augenblick kam Mama zur Tür herein. Sie sah froh aus. „Bist du schon da?“, rief sie und wollte ihn küssen.

Doch Papa stieß sie beiseite und fing von vorne an. „Wo bist du gewesen?“

Jetzt ging es nicht mehr um mich.

Der Tag vorher

Ich finde die Schule deshalb so trist, weil es dort nichts zu tun gibt. Nichts Wichtiges. Das Einzige, was man dort tun kann, ist, eine Frage falsch zu beantworten. Was macht das schon in hundert Jahren? Oder eine Frage richtig zu beantworten. Was hat man schon davon? Vielleicht ein kleines Lob. Was soll ich damit anfangen? Ich kann es nicht aufs Butterbrot streichen und aufessen. Was macht mir das schon aus, ob jemand mich gut oder schlecht findet? Ich will etwas tun, das wichtig ist, irgendetwas machen, was man benützen kann, und ich will nur auf ganz wichtige Fragen antworten.

Und dann heißt es immer, man solle nicht während des Unterrichts zeichnen! Dabei zeichne ich doch nur, damit ich still sitzen und besser zuhören kann. Wenn ich nicht andauernd mit Feuereifer zeichnen würde, könnte ich es schon längst nicht mehr im Klassenzimmer aushalten.

Mitten im Englischunterricht stand ich auf und ging hinaus. Der Englischlehrer fragte mich nicht einmal, wo ich hinwollte. Wahrscheinlich glaubte er, ich müsste aufs Klo. Aber ich ging zu Pelles Klassenzimmer hinauf. Ich wollte nachschauen, ob Pelles Jacke neben irgendeiner Jacke hing, die eventuell Anja gehören könnte. Dann hätte ich sie nämlich weit auseinander gehängt. Aber Pelles Jacke war nicht einmal da. Während ich dastand und mir überlegte, ob ich aufs Klo und dann wieder ins Klassenzimmer zurück sollte, hörte ich unten auf der Straße laute Rufe. Ein Demonstrationszug!

„Atomkraft – nein danke! Atomkraft – nein danke!“, schrien sie. Da warf ich mich aufs Treppengeländer und rutschte schnell wie der Blitz hinunter. Im Vorbeisausen schnappte ich mir meinen Mantel, dann rutschte ich auf dem nächsten Treppengeländer weiter.

Der Zug war genau vor dem Schultor, als ich aus der Tür trat. Ich landete neben einem Mädchen mit dem Plakat: „Lieber heute aktiv als morgen radioaktiv.“ Der Ansicht bin ich auch. Ein paar Plakate waren rot und ein paar grün, mit verschiedenen Parteinamen drauf. Aber das war mir egal. Wenn etwas richtig und wichtig ist, dann ist es doch egal, wer es sagt, finde ich. Ich möchte keiner Partei versprechen, alles zu unterstützen, was sie sagt. Wie würde ich dann dastehen, wenn sie plötzlich behaupteten, ein paar hundert Millionen Haufen Atommüll mitten im Land, das sei doch nicht der Rede wert! Und dabei weiß man doch, dass es 24 000 Jahre dauert, bis der Müll nur noch halb so gefährlich ist, und kein Mensch weiß, was man damit machen soll.

Wie viele Menschen leben in 24 000 Jahren?, überlegte ich. Du liebe Zeit, wir sind doch erst im zwanzigsten Jahrhundert. Wir haben ja noch nicht einmal das Jahr zweitausend erreicht!

Im Gehen las ich auf dem Plakat vor mir, dass friedliche Kernkraftwerke in nur einem Jahr genauso viel Atommüll produzieren wie tausend Hiroshimabomben. Und dass man Krebs bekommen kann, wenn man nur ein paar tausendstel Milligramm von dem Zeug einatmet.

„Gibt es wirklich so hirnverbrannte Leute, die finden, dass wir Kernkraftwerke bauen sollen, bevor wir wissen, was wir mit dem Abfall machen sollen?“, fragte ich das Mädchen mit dem Plakat, nur um etwas zu sagen.

„Ja, was glaubst du wohl, warum wir demonstrieren?“, fragte sie. „Es wimmelt nur so von Idioten, denen alles egal ist.“

„Atomkraft – nein danke! Atomkraft – nein danke!“, schrien wir alle, dass die Fensterscheiben klirrten. Ich hatte meine Mütze in der Schule vergessen, aber das war nur gut so. Es war herrliches Wetter, windig und kalt, die Sonne spiegelte sich in den Fenstern, und der Himmel leuchtete hell.

Ich gehe mit, bis die Demonstration zu Ende ist, dann bin ich rechtzeitig zur Mathestunde wieder zurück, dachte ich. Doch es kam ganz anders.

„Wir machen eine Runde um den Sportplatz und gehen dann zum Marktplatz zurück“, erklärte das Mädchen mit dem Plakat.

Als der Zug um eine Ecke bog, entdeckte ich Mama in einer der vordersten Reihen. Ich lief hinterher und holte sie ein. „Sieh mal einer an, bist du auch da!“, sagte sie. „Ach, sei so lieb und lauf rasch mal nach Hause und mach im Waschsalon die Maschine an. Ich wollte heute waschen, aber dann bin ich einfach davongerannt, weil ich das hier wichtiger fand!“

„Und glaubst du etwa, dass *mir* das hier nicht wichtiger ist? Ich habe doch gerade den ollen Munkas in Englisch!“

Wir streckten uns die Zunge raus und lachten, dann lief ich zu meinem Plakat zurück, das mir am besten von allen gefiel. Man soll nie auch nur einen Schritt neben einem Plakat gehen, mit dem man nicht einverstanden ist.

Als wir zum Sportplatz kamen, standen dort ein paar Jungs, die nach dem Sportunterricht nach Hause wollten.

Plötzlich sah ich Pelle. Er stoppt bei den anderen die Zeit, weil er selbst noch nicht mitmachen kann, hat Love gesagt. Die Jungs wollten quer durch den Demonstrationszug durch, aber das ging nicht. Ich tat so, als ob ich Pelle nicht gesehen hätte. Das hatte doch keinen Sinn, wenn all die anderen dabei waren. So konnte ich natürlich auch nicht feststellen, ob er mich gesehen hatte. Ich marschierte einfach weiter und starrte geradeaus. Hinter mir hörte ich Gelächter und Geschrei, vielleicht hatten sie sich dem Zug angeschlossen.

Ich hätte natürlich einen Taschenspiegel nehmen und nach hinten schauen können. Aber manchmal ist es noch besser, wenn man etwas nicht genau weiß. So konnte ich mir wenigstens einbilden, dass Pelle dabei war, auch wenn es gar nicht stimmte. Ich war plötzlich so vergnügt, dass ich mich bei dem Mädchen mit dem Plakat einhängen musste.

Auf dem Marktplatz gehe ich einfach weiter, ohne mich umzusehen, dann kann ich mich weiterfreuen, bis ich an der Schule bin, dachte ich.

Als der Zug am Marktplatz angelangt war, entstand ein wirres Gerede und Geschrei, aber ich ging einfach geradeaus weiter. In den Schaufenstern waren Ostereier ausgestellt. In einem Laden sah ich ein ganz besonders lustiges, das wollte ich für Vesle kaufen. Vor den Blumenläden standen schon mit bunten Federn geschmückte Osterreiser, die im Winde wippten. In jedem Schaufenster schielte ich zu meinem Spiegelbild hinüber. Und da entdeckte ich auf einmal eine Gestalt, die hinter mir herschlich! Pelle! Er war mir gefolgt! Ich begann im Zickzackkurs durch die Menschenmenge zu laufen. Dann blieb ich stehen und starrte wieder ein Osterei an. Nichts geschah. Ich ging weiter. Da überholte mich jemand mit langen Schritten und verschwand im Gewimmel.

Vielleicht hatte er mich nicht gesehen? Plötzlich stand Pelle zwei Schritte vor mir und starrte noch konzentrierter in ein Schaufenster, als ich es getan hatte. Als ich ihn entdeckte, ließ er sich nach hinten fallen. Das ist Pelles Lieblingstrick: Er kippt steif wie ein Brett nach hinten, bis ihn jemand auffängt. Diesmal war ein alter Herr dran. Er stand neben Pelle und fing ihn auf. Ich lachte mich halb schief. Bestimmt hatte Pelle gedacht, dass ich ihn auffangen würde.

„Was fällt dir eigentlich ein?“, schrie der alte Herr erbost.

„Entschuldigung“, sagte Pelle. „Ich war nur so erschrocken, als ich sah, was die Eier kosten!“

Ich drehte mich um und ging in eine andere Richtung. Doch da tauchte Pelle vor mir auf und versperrte mir den Weg.

„Wohin gehst du? Was hast du in der Stadt verloren?“

„Ich guck mir Ostereier an, die ich kaufen will.“

„Für wen?“

„Für Vesle natürlich. Für wen denn sonst?“

Pelle machte ein langes Gesicht, erholte sich aber schnell wieder.

„Ich dachte, du wolltest mir ein Weihnachtsgeschenk kaufen“, sagte er. „Ich möchte einen Sturzhelm und ein Paar Eishockeyhandschuhe. Ein Geschenk zu Weihnachten und einen Kuss zu Ostern, das weißt du doch!“

„Ja, aber jetzt ist doch Ostern“, sagte ich.

„Ha, jetzt hast du dich verraten“, lachte Pelle. „Komm mit!“

Er packte mich und zog mich in den nächsten Hauseingang. Nr. 18, Zahnklinik.

„Jetzt musst du zu deinem Wort stehen“, sagte Pelle und presste mich gegen die Wand, um mich zu küssen.

Aber nun wollte ich ihn ärgern. Ich riss mich los und rannte zwei Stockwerke hinauf, Pelle immer hinterher. Dann wollte ich wieder hinunterrennen. Doch da flog mir eine Münze aus der Manteltasche, die ich aufheben musste. Pelle überfiel mich und schlug meine Hand weg. Wir balgten uns mindestens zehn Minuten lang um die alberne Münze. Bis ein Zahnarzt im weißen Kittel aus der Zahnklinik kam und in das Treppenhaus hinaufspähte. Wir waren inzwischen so außer Atem, dass wir uns hinsetzen und ausruhen mussten. Als der Zahnklempner sich zurückgezogen hatte, wurde Pelle plötzlich ernst. Ich wagte nicht, ihn anzusehen. Er stand auf und blieb ganz still stehen.

„Woran denkst du?“, fragte ich.

Pelle begann wieder, mich zu küssen. Jetzt konnte er nicht mehr aufhören. Ich überlegte, was wohl passieren würde, wenn der Zahnarzt und alle seine Patienten herauskämen und sich rings um uns aufstellen würden? Würden wir dann einfach weitermachen? Nach einer Weile spürte ich, dass Pelles Mund ganz kalt wurde. Als ob alles Blut woandershin verschwunden wäre. Ich schob ihn weg, um Luft zu holen. Ein Mann in einer Strickjacke kam die Treppe herunter. Als er uns sah, blieb er stehen: „Ihr habt hier nichts zu suchen!“

Pelle und ich gingen schweigend hinaus. Es war, als ob es uns die Sprache verschlagen hätte. Wir gingen zum Park hinüber. Pelle wirkte irgendwie hilflos. Ich wusste nicht, was ich mit ihm tun sollte. Als wir uns auf eine Bank setzten, gingen ein paar Jungs vorbei. Wir kannten sie nicht, aber Pelle nahm sich zusammen und wurde wieder normal.

„Angeblich gibt es keinen einzigen Jungen, der mit fünfzehn noch nicht mit einem Mädchen geschlafen hat“, sagte er. „Glaubst du das?“

Aha, das ging ihm also im Kopf herum. Ich wollte ihn

trösten. „Ach was“, sagte ich. „Das glaubst du doch selbst nicht! Denk doch an Ville Pettersson. Der ist fünfzehn. Glaubst du etwa, dass der schon mit einem Mädchen zusammen war?“

Kaum hatte ich das gesagt, da fiel mir ein, wie ungeschickt es war, ausgerechnet Ville als Beispiel zu wählen. Ville ist schon in Ordnung, aber eine Leuchte ist er nicht. Sogar im Turnen ist er eine Niete. Wenn Ville der einzige Fünfzehnjährige war, der einem einfiel, dann fand Pelle bestimmt, dass es allerhöchste Zeit sei. „In unserer Klasse hat es bestimmt noch keiner getan.“

„Aber in meiner Klasse“, sagte Pelle.

Wir sahen die Leute an, die vorbeigingen. Ein Hund schnüffelte in der Nähe herum. Als er einen Stock aufgestöbert hatte, kam er zu uns her und sah uns bittend an. Pelle warf den Stock für ihn.

„Wohin gehst du jetzt?“, fragte er.

„In die Schule“, sagte ich.

„Ich auch.“

Wir gingen langsam zurück, doch vor dem Sportgeschäft traf Pelle einen Freund. Ihnen fiel ein, dass sie unbedingt hineingehen mussten, um Stoppuhren anzuschauen.

„Ich ruf dich morgen vielleicht an“, sagte Pelle zum Abschied.

Während ich weiterging, hörte ich tief unten in meinem Unterbewusstsein ein Gemurmel. Ich weiß nicht, wie das Unterbewusstsein anderer Leute funktioniert, aber meines ist wie ein schlecht eingestelltes Radio. Den ganzen Tag lang höre ich viele Stimmen, die gleichzeitig durcheinander reden. Wütende, muntere, teuflische, fröhliche, ermahnende, besserwisserische und lustige, die alle drauflosschnattern. Eine versucht die andere zu übertönen. Manchmal, ganz selten, höre ich im Hintergrund auch noch ein stilles Gemurmel, das ich kaum unterscheiden kann. Es klingt, als ob es etwas ganz Wichtiges sein müsste, nichts Selbstverständliches, sondern etwas, worüber ich mir Gedanken machen müsste. Manchmal ist es wie ein winzig kleines Gefühl, das nur ganz schüchtern flüstern kann. Dann werde ich meistens neugierig und versuche, die anderen abzustellen. Aber dazu brauche ich Ruhe und Frieden. Also drehte ich auf der Stelle um und ging nicht zur Schule. Jetzt brauchte ich Zeit, um dahinterzukommen, was mit mir los war.

Unterwegs ging ich am Waschsalon vorbei. Mama war nicht da. Im Waschsalon fühle ich mich immer wohl: das friedliche Summen der wäschemampfenden Maschinen, der frische, saubere Duft, die Frauen in weißen Kitteln, die ruhig und würdevoll auf ihren Holzpantinen hin und her gehen. Sie sind sich ihrer hygienischen Verantwortung bewusst, das sieht man. Ich stellte mich vor die kleinste Maschine und guckte zu, wie der Seifenschaum überschwappte. Er floss schneeweiß auf den Boden hinunter und bildete ganze Flusslandschaften. Mamas Wäschesack stand in einer Ecke.

„Welche Maschine wollte meine Mutter benutzen?“, fragte ich.

„Ich habe sie schon für deine Mutter eingeschaltet“, sagte eine der Frauen. „Die da hinten. Sie wird gleich fertig sein!“

Ich ging zu Mamas Maschine hinüber und bewachte unsere Wäsche; das Wasser klopfte rhythmisch in der Maschine. Man konnte danach tanzen. Diggeti – doggeti, biggeti – boggeti ... Die Freundliche lächelte, als sie mich tanzen sah. Ich fühlte mich glücklich und ruhig. So ruhig werde ich immer, wenn ich weiß, dass Pelle anrufen wird.

Als die Wäsche fertig war, schleppte ich sie zur Schleuder und dann weiter zum Trockner. Weil Mama morgen zum Mangeln kommen würde, ließ ich die Wäsche im Waschsalon.

Ich kam rechtzeitig nach Hause, um das Telefon läuten zu hören. Es war Pelle: „Morgen habe ich Sporttag, aber da brauche ich nicht mitzumachen. Ich komme lieber zu dir. Steh nicht auf, bevor ich komme ...“

Dann warf er den Hörer auf.

Der Abend vorher

Ich brauche mich nicht zu entscheiden. Es wird doch nicht klappen. Dachte ich am Abend vorher. Papa war immer noch zu Hause, und Oma würde morgen früh kommen, um auf Charlie Karlsson aufzupassen, während Mama im Waschsalon war. Meine Hauptsorge war, wie ich Pelle daran hindern könnte, zu kommen. Bei ihm zu Hause konnte ich nicht anrufen – falls seine Mutter antworten würde. Und was sollte ich sagen, damit Papa nicht dahinterkam, wenn er vielleicht zuhörte? Irgendetwas, was nur Pelle verstehen konnte?

Vesle und Jeppe zankten sich, wer von ihnen als Erster baden sollte. Es war unmöglich, einen klaren Gedanken zu fassen. Papa saß in der Küche direkt neben dem Telefon und las die Abendzeitung. Dann ging er mit Mama ins Wohnzimmer, aber ohne den Fernsehapparat einzuschalten.

„Wollt ihr heute nicht fernsehen?“, rief ich.

„Nein, warum denn?“, fragte Papa. „Wenn man ausnahmsweise daheim ist, wird man sich doch auch mal unterhalten dürfen, oder?“

Ich würde wohl oder übel morgen früh anrufen müssen. Und wenn Papa den ganzen Tag zu Hause bliebe? Oder zumindest so lange, bis ich in die Schule musste?

„Wann fährst du wieder?“, fragte ich.

Papa antwortete nicht. Wahrscheinlich glaubte er, dass ich ihn loswerden wollte.

„Du kannst gerne so lange bleiben, wie du willst“, rief ich.

„Das habe ich auch vor“, sagte Papa.

Armer Pelle! Wie schrecklich für ihn, wenn er morgen käme, ohne zu wissen, was ihn hier erwartete. Ich konnte doch nicht einfach in die Schule gehen und ihn seinem Schicksal überlassen. Aber jetzt wagte ich Mama und Papa nicht länger auf die Nerven zu gehen.

Einmal hatte ich Papa gefragt, wer ihm erzählt hätte, wie Kinder entstehen. Das hatte sein Vetter getan, einmal im Sommer, als sie alleine in der Dachkammer schliefen und niemand sie hören konnte. Als Papa erfuhr, wie es war, fuhr er hoch und verprügelte seinen Vetter, er glaubte nämlich nicht, dass das wahr sein konnte. Er glaubte, sein Vetter habe sich das alles nur ausgedacht, um ihn zu ärgern und ihn auf den Arm zu nehmen. So idiotisch fand er es. Danach fragte sich Papa viele Jahre lang, ob die Erwachsenen es wirklich so machten.

Ich finde es auch komisch. Warum muss es unbedingt gerade so funktionieren? Es könnte doch mehrere Arten geben? Zum Beispiel könnte ein Kind entstehen, wenn beide gleichzeitig daran denken.

Aber mit Pelle wird schon alles gut gehen. Ein Glück, dass ich es mit ihm tun werde, dachte ich. Wenn es stimmt, was Mama sagt, dass man jemanden sehr, sehr lieb haben muss, sonst wird es nichts. Aber jetzt wird ja sowieso nichts daraus. Morgen auf jeden Fall noch nicht.

Ich schlüpfte aus dem Bett und ging ins Wohnzimmer, um Mama und Papa anzusehen. Ich wollte wissen, was sie gerade taten. Papa hatte den Kopf in Mamas Schoß gelegt und las seine Zeitung. Mama las ein Buch und streichelte ihn dabei mit dem Zeigefinger zwischen den Augenbrauen. Die Katze lag auf Papas Bauch und sah aus, als würden beide ihr gehören.

„Ach bitte, scheuch doch Jeppe aus der Badewanne, sonst wird er noch verschrumpelt wie eine Rosine“, bat Mama mich. „Ich bin nämlich gerade verhindert, wie du siehst.“

Jeppe verlässt die Badewanne nie freiwillig. Ich musste die kalte Dusche zur Hilfe nehmen, um ihn hinauszujagen. Er schrie wie am Spieß, da läutete das Telefon.

„Kann außer mir niemand die Tour übernehmen?“, hörte ich Papa sagen. „Ich habe schon elf Überstunden.“ Das war die Schwedische Eisenbahn, die bei ihm anrief. Ein anderer Lokführer hatte Blinddarmentzündung bekommen. Papa musste noch in derselben Nacht um zwölf Uhr wieder fahren.

„Fahr nicht!“, rief ich. Doch da war es schon abgemacht.

Ich legte mich auf mein Bett und versuchte zu denken. Pelle konnte ich immer noch nicht anrufen. Das ging erst, wenn Papa fort war. Heute Nacht um zwölf. Morgen früh würde Papa nicht da sein. Nur Oma und Charlie Karlsson. Oma würde Pelle bestimmt Frühstück machen und sich pausenlos mit uns unterhalten. Es konnte also gar nicht klappen.

„Wann kommt Oma morgen?“, rief ich.

„Sie kommt früh. Ich muss um halb neun zum Mangeln“, antwortete Mama. „Warum?“

„Ich wollt's nur wissen.“

Sicherheitshalber ging ich ins Badezimmer und sah im

Badezimmerschrank nach, ob da irgendwas herumlag, das wie Antibabypillen aussah. Mama musste doch welche haben? Aber ich fand keine, außerdem wusste ich nicht einmal, wie sie aussahen.

Vesle hatte Papa umarmt und versuchte, ihn zu trösten.

Als ich Mama kommen hörte, machte ich schnell die Nachttischlampe aus. Im Dunkeln kann man sich besser unterhalten. Eigentlich wollte ich nichts Besonderes sagen. Aber trotzdem. Sicherheitshalber.

„Schlaf gut", sagte sie gleich, als sie hereinkam.

„Das gilt nicht, du musst dich noch auf die Bettkante setzen!", sagte ich und zog sie herunter. Sie lachte.

„Vielen Dank, dass du die Wäsche für mich gemacht hast. Es ist schrecklich, dass ich nicht an zwei Stellen zugleich sein kann."

„Die Freundliche mit den braunen Augen hat das meiste gemacht", sagte ich. „Ich musste es nur noch herausnehmen."

„Ich begreife nicht, wie du das alles noch vor der Mathestunde geschafft hast", sagte Mama.

„Ich hab's ja gar nicht geschafft. Die Mathestunde habe ich sausen lassen."

„War das nicht unvernünftig? Ausgerechnet Mathe, dein schlechtestes Fach. Darin brauchst du doch wirklich Hilfe ..."

„Die Kernkraftwerke sind wichtiger", sagte ich.

„Und Mathe ist wichtiger als meine Wäsche", sagte Mama. „Die kann ich auch ein andermal machen. Übrigens hat es nie einen Sinn, sich vor etwas Schwierigem zu drücken. Es kommt immer wieder, bis man es wohl oder übel doch machen muss."

„Auf jeden Fall kann ich jetzt Pferdebeine zeichnen", sagte ich. „Wenn man sich vorstellt, dass das Pferd einen Ellenbogen am Hinterbein hat und kein Knie, dann wird es richtig, verstehst du! Das Hinterbein wird nicht nach vorne abgeknickt, sondern nach hinten!“, erklärte ich.

„Fantastisch“, sagte Mama. „Daran habe ich nie gedacht. Aber wenn du es so sagst ... lass mal sehen!“

Ich machte die Lampe an und zeigte ihr meine letzten Zeichnungen. Sie sind wirklich gut. Wenn ich sie sehe, werde ich richtig froh.

„Es ist immer schön, wenn einem etwas gelingt“, sagte Mama. „Aber jetzt musst du schlafen, sonst bist du morgen müde und gereizt.“

Ich machte die Lampe blitzschnell wieder aus.

„Du willst nur, dass ich schlafe, damit du zu Papa kannst!“

„Vielleicht. Er muss ja gleich wieder fahren. Aber du und ich, wir haben uns ja morgen auch noch.“

„Wie kann man wissen, dass man Lust hat?“, fragte ich.

„Lust wozu?“

„Lust, mit jemandem ins Bett zu gehen?“

Eine Weile war es im Zimmer genauso still wie dunkel.

„Das ist schwer zu erklären. Man weiß es einfach, im ganzen Körper. Der Körper weiß es von ganz allein. Manchmal träumt man davon. Wenn Papa weg ist, träume ich manchmal so deutlich davon, dass ich aufwache. Manchmal spürt man nur eine gewisse Unruhe.“

„Ich träume auch“, sagte ich. „Aber ich träume so idiotisches Zeug, dass ich gar nicht daran denken mag. Manchmal träume ich, dass ich splitternackt in einen Keller hinunter Rutschbahn fahre, und dann lande ich direkt im Schoß von Karl dem Zwölften oder von Gustav Adolf!“

Mama lachte und fragte: „Warum ausgerechnet Karl der Zwölfte?“

„Keine Ahnung. Das ist ja das Idiotische. Karl der Zwölfte ist doch der schlimmste Kerl, den ich mir vorstellen kann. Aber ich muss daran denken und denken, bis ich nicht mehr weiß, ob ich schlafe oder wach bin. Dabei wird mir ganz heiß. Versprich mir, dass du es niemandem sagst. Vielleicht werde ich allmählich verrückt."

„Keine Spur. Alle haben verrückte Fantasien. Diese Vorstellungen bedeuten wahrscheinlich, dass dein Körper angefangen hat, erotische Gefühle zu haben, ohne dich vorher um Erlaubnis zu fragen. Davor brauchst du keine Angst zu haben. Aber du bist noch nicht erwachsen, vergiss das nicht. Ich finde, du solltest so lange wie möglich noch Kind bleiben. Alle diese Dinge bringen Verantwortung mit sich. Man hat die Verantwortung für sich und für den anderen und vielleicht obendrein noch für ein Kind. Es ist besser, vorher fertig zu spielen. So, jetzt schlaf schön."

Sie gab mir einen Kuss und zog mir die Decke über die Schultern. Aber ich konnte nicht einschlafen.

Der 17. April

Als ich am nächsten Morgen aufwachte, war draußen ein schöner, heller Tag. Ich blieb bewegungslos liegen und versuchte mir einzureden, ich sei noch nicht wach.

Mama war am Telefon. „Ja, natürlich", sagte sie. „Wie du willst. Das geht genauso gut!"

Dann hörte ich sie draußen herumrumoren und Jeppe in die Schule schicken. Einer weniger. Jetzt sind wir nur noch zu viert, dachte ich.

Vesle kam in mein Zimmer und guckte mich an. Aber ich kniff die Augen fest zu.

„Muss Sylvia nicht aufstehen?“, fragte sie draußen.

„Nein, mittwochs hat sie doch die erste Stunde frei“, erklärte Mama.

Das hatte ich ganz vergessen. Sie wollte mich wahrscheinlich schlafen lassen und sich still und leise auf den Weg machen.

Vesle ging. Jetzt waren wir nur noch zu dritt. Mama rumorte immer noch. Es klang, als würde sie Charlie Karlsson anziehen.

„Darf ich die kleine Hand mal haben?“, hörte ich. „Und dann die andere Hand! So! Und aufgestanden! Uppa! Warte …“

Ich wollte schon hinausrufen, ich könne ihn doch anziehen, nachdem sie gegangen sei, doch da fiel mir ein, dass ich ja noch gar nicht aufgewacht war. Ich wollte erst mit ihr sprechen, wenn ich genau wusste, was ich sagen sollte. Ob ich „Jetzt geh doch endlich! Ich muss etwas überlegen!“ sagen sollte oder lieber „Warte bitte noch einen Moment! Wie soll ich mich verhalten, was findest du?“. Beide Sätze drängelten sich in mir und wollten hinaus. Ob sie wohl etwas ahnte?

Mama wirkte ganz sorglos. Sie klapperte fröhlich mit den Schubladen. Sie weiß nicht, welch ein Glück sie hat, dass Oma kommt, dachte ich.

„Verflixt, wo habe ich deine Handschuhe hingetan?“, hörte ich Mama sagen. „Hast du sie, Charlie? Wo hast du sie hingelegt? Doch hoffentlich nicht hinter die Heizung?“ Wozu brauchte sie denn die Handschuhe? Die konnte Oma suchen, wenn es so weit war.

„Aha, hier liegen sie und sagen keinen Ton! Na also. Jetzt haben wir alles.“ Plötzlich begriff ich, dass sie Charlie Karlsson mitnehmen wollte.

„Geht ihr beide?“, rief ich. „Wollte Oma denn nicht kommen?“

„Nein, sie holt Charlie Karlsson unten bei mir im Waschsalon ab. Du brauchst dir keine Gedanken darüber zu machen“, antwortete Mama.

Ich hörte die Tür zuschlagen, und dann kam die Stille angeschlichen und kreiste mich ein. Plötzlich konnte ich mich nicht bewegen. Jetzt musste ich mich wirklich entscheiden. Zuerst versuchte ich, mir das Ganze auszureden. Pelle hatte nichts Besonderes gemeint. Er dachte gar nicht mehr daran, dass er gesagt hatte, er wolle nicht der Einzige sein, der mit fünfzehn noch nicht mit einem Mädchen geschlafen hatte. Oh nein! Das war ganz bestimmt nicht der Grund, warum er gesagt hatte, ich sollte im Bett bleiben ...

Aber schließlich bin ich nicht auf den Kopf gefallen. Mir kann man nicht alles weismachen! Natürlich war das der Grund. Pelle dachte natürlich daran! Dieser Spinner! Übrigens wusste ich genau, wie er klang, wenn er etwas ernst meinte. „Ein Spinner und gleichzeitig ernst, das ist Pelle, wie er leibt und lebt!“, sagte ich mir. Und dann: „Ich muss sofort irgendein Verhütungsmittel finden!“ Ich sprang aus dem Bett. „Schließlich kann ich nicht entscheiden, was wir tun sollen, bevor ich nicht ein Verhütungsmittel habe ...“

Ich durchwühlte Mamas und Papas sämtliche Schubladen, durchsuchte den Badezimmerschrank und kletterte aufs Klo, um nachzuschauen, ob irgendwas oben auf dem Spiegel lag. Aber nein. Dort lag auch nichts.

Wenn ich nur für Maggan zur Beratung gegangen wäre, dachte ich, dann wüsste ich jetzt alles. Da fiel mir die Lösung ein. Ich konnte anrufen und so tun, als würde ich für eine Freundin anrufen, dabei konnte ich dann fragen, wie Antibabypillen eigentlich aussehen. Dann konnte ich besser suchen. Wenn nur Pelle nicht angestiefelt kam, bevor ich angerufen hatte. Dann muss er eben warten!, dachte ich. Wenn er so dumm ist, dass er nicht selbst daran gedacht hat, muss er wieder fortgehen und sich etwas besorgen. Oder er muss mir helfen, bei der Beratung anzurufen.

Es war unmöglich, die Nummer im Telefonbuch zu finden. Ich dachte schon, ich müsste das ganze Buch durchlesen. Doch dann fand ich sie gleich am Anfang des Buchstaben S. Dort hatte sie die ganze Zeit gestanden. Die Telefonnummer, und wann man einen Termin vereinbaren konnte. Ich rief an und sagte, mein Name sei Anna Andersson – warum, weiß ich auch nicht –, und fragte, wie eine Packung Antibabypillen aussähe.

Die Frau am Apparat lachte ein bisschen, dann sagte sie, dass sie wie kleine in Alufolie oder Kunststoff eingefasste Perlen aussähen, und über jeder Perle stünde ein Wochentag, damit man wisse, wann man sie nehmen muss. Es sei überhaupt kein Problem, es richtig zu machen. Aber man dürfe erst mit der Pille anfangen, wenn die Periode regelmäßig käme, sagte sie. Das ist bei mir der Fall.

„Sag deiner Freundin, dass sie herkommen soll, dann schauen wir sie uns erst mal an. Wir können ihr dann raten, was für sie am besten ist. Das ist nämlich ganz verschieden. Wie heißt deine Freundin? Sollen wir einen Termin für sie ausmachen?“, fragte sie.

„Ja, tun Sie das bitte“, sagte ich. „Sie heißt Sylvia Berg. Wann soll ich kommen? Sie, meine ich!“

„Am Dienstag, dem Dreiundzwanzigsten“, sagte sie und legte auf.

Bis dahin war noch lang! Vielleicht könnte ich mir von Solveig etwas leihen? Aber ich wusste nicht, wo sie wohnte, und auch nicht, wie sie mit Nachnamen hieß.

Ich kann mich ja schnell anziehen und in die Schule gehen, bevor Pelle kommt, und so tun, als ob ich alles vergessen hätte, dachte ich und begann, mich in Windeseile anzuziehen.

Dummer, verrückter Pelle, du wirst doch erst in einem Monat fünfzehn!

Ich beeilte mich, in den Mantel zu schlüpfen. Schnell um die Hausecke, bevor Pelle mich sehen konnte. Sicherheitshalber wollte ich einen Umweg machen. Ich musste nur noch schnell kontrollieren, ob ich meine Schlüssel dabeihatte. Für den Fall, dass ...

Ich hatte alles dabei. Auf dem Weg zur Ecke wurde ich traurig. Nur wegen dieser Geschichte konnte ich jetzt Pelle nicht sehen! Und dabei wünschte ich es mir so!

„Nach dem Dreiundzwanzigsten kann man sich noch genauso gut treffen“, versuchte es mein vernünftiges Ich. Doch da widersprach mein anderes, verrücktes Ich. Das Ich, das genauso verdreht ist wie Pelle.

„Das geht überhaupt nicht genauso gut. Ich will Pelle jetzt sehen. Ich will! Ich will! Vielleicht wird er traurig, wenn ich ihn sitzen lasse. Mein dummer, komischer Pelle! Mein Pelle!“

Also raste ich um das Haus herum, bis ich wieder vor der Haustür stand. Ich musste schnell hinein, damit Pelle mich nicht mehr sehen konnte. Ich schaffte es. Jetzt wusste ich auf jeden Fall, was ich wollte. Ich wollte mit Pelle allein sein.

„Wenn er es wagt, wage ich es auch. Wir müssen uns darüber unterhalten“, bestimmte ich. Und dann riss ich mir wieder die Kleider vom Leib und kroch ins Bett. Dort dachte ich alles noch einmal von vorne durch, mindestens hundertmal. Alles, was ich seit dem Aufwachen gedacht hatte. Aber Pelle kam nicht.

Anfangs merkte ich gar nicht, wie die Zeit verging. Ich war vollauf damit beschäftigt, meiner inneren Schallplatte zuzuhören: „Sollen wir? – Wagen wir? – Will ich? – Wie wird es werden? – Was ist das für ein Gefühl? – Sollen wir? – Wagen wir?“

Als die Uhr draußen zehn schlug, bekam die Platte einen Sprung. Warum kam er nicht? War er etwa doch mit zum Sportplatz gegangen? Jetzt wurde ich wütend! Ich nahm das Buch, das ich in der Hand hielt, und schleuderte es so heftig an die Wand, dass ein Bild hinters Bett fiel und das Glas zersprang! Verflixter, verdammter Pelle!

Wenn Pelle in diesem Augenblick gekommen wäre, hätte ich ihm eins über den Schädel gebraten und ihn hinausgeworfen und die Treppe hinuntergestoßen und ihn die Straße entlang gejagt. Aber er kam auch jetzt nicht. Da wurde es meiner Wut langweilig, und sie verzog sich wieder. Jetzt konnte ich nur noch an eines denken: Vielleicht liebte Pelle mich nicht genauso sehr wie ich ihn! Vielleicht hatte Pelle sich überlegt, dass er lieber auf eine andere warten wollte! Danach konnte ich an gar nichts mehr denken. Ich schlug die Hände vors Gesicht, schloss die Augen und lag ganz still, damit mein Verstand auch die Augen schließen konnte und an nichts mehr denken musste.

Aber es ist zu schwierig, innerlich regungslos zu bleiben. Plötzlich begann ich, an Sauermilch zu denken. Um elf klingelte jemand an der Tür. Das ist Mama mit der Wäsche, dachte ich.

Vor mir stand Pelle. Er sah aus wie immer. Mit roten Backen und eiszapfenkalter Nase. Der ganze Pelle war eiskalt. Ich spürte die Kälte seiner Jacke durch das Nachthemd hindurch, als er hereinkam und die Arme um mich schlang.

„Bist du noch nicht aufgestanden?“, sagte er und lachte.

Er klang froh und überrascht und verdattert und zögernd und machte den Eindruck, als wolle er gerade auf eine Eisscholle springen. Da ging mir ein Blitzlicht auf. Pelle war sich auch noch nicht sicher, was er tun sollte.

„Nein, ich lag im Bett und habe gelesen, und dann bin ich noch einmal eingeschlafen“, sagte ich. „Warte geschwind, dann zieh ich mich an. Lass mich los, sonst frier ich an dir fest.“

„Ich kann dich anziehen!“, schlug Pelle vor.

„Denkste!“

Wir balgten uns kurz, doch dann stieß ich Pelle zwischen die Kleiderbügel der Garderobe und schloss meine Tür ab. Komisch, dass man solchen Unsinn machen kann, obwohl man kurz vorher beinahe erwachsene Gedanken gehabt hat. Pelle rüttelte an der Tür. Ich ließ ihn rütteln. In dieser Sekunde war ich älter geworden als Pelle.

Als ich mich angezogen hatte, fischte ich das Büchereibuch hinter dem Bett aus den Glasscherben hervor und las noch einmal eines meiner Lieblingsgedichte, während Pelle draußen so tat, als ob er meine Tür mit einem Teelöffel öffnen könnte. Es hatte wohl keinen Sinn, ihm das Gedicht vorzulesen. Gedichte sind nichts für ihn.

„Soll ich dir ein Gedicht vorlesen?“, fragte ich.

„Nein, bitte nicht. Da läuft es mir kalt den Rücken runter“, sagte Pelle draußen. „Wenn du nicht bald rauskommst, gehe ich heim!“

Er ging durch den Flur und machte die Wohnungstür zu. Dann war es ganz still. Ich wusste genau, dass er noch im Flur stand und den Atem anhielt.

„Du hast vergessen, dir vor dem Weggehen die Schuhe anzuziehen“, sagte ich.

Da musste Pelle lachen.

Ich ging hinaus. Wir standen uns eine Zeit lang gegenüber und sahen uns an. Ich wusste nicht, wie es aufhören sollte. Und Pelle wusste nicht, wie er anfangen sollte. Wir taten so, als ob wir herumalbern und miteinander schmusen wollten, doch dann wurde doch nichts daraus. Es war, als ob wir nicht allein wären. Wenn man eigentlich an etwas anderes denkt, kann man nicht besonders gut herumalbern.

Schließlich fiel mir etwas ein: „Setz dich hin, dann zeichne ich dich“, sagte ich zu Pelle.

Er setzte sich sofort.

Ich zeichnete seine besondere Nase so genau ich konnte, seine Strubbelhaare und seine Ohren. Als ich beim Mund angelangt war, ging es schief. Der Mund rutschte zu weit ins Gesicht hinein und wurde nicht so winklig, wie er sein sollte.

„Beweg den Mund nicht. Du darfst nicht atmen! Sitz still!“ Jetzt hatte ich Pelle wieder gern. Wenn man einen Menschen ganz genau anguckt und sieht, wie schön die Augen eingefasst sind, wie neu und rund die Nase ist, wie die Wangen zum Kinn hinunterzielen, wie die Lippen von der Kälte rau und aufgesprungen sind, wie das alles Pelle ist ...

Doch schon war Pelle da und wollte gucken. Er wollte den Block an sich reißen, da ließ ich ihn fallen, dass er unters Sofa flog. Nun packte Pelle stattdessen mich.

„Sitz du selber still, dann wirst du schon sehen, wie leicht das ist“, murmelte Pelle.

Er versuchte mit dem Mund durch alle Haarsträhnen, die mir in die Augen hingen, zu mir hereinzufinden. Dann blieben wir stehen. Pelles Hände schlüpften in meine Ärmel hinein, und ich hielt seinen Pulli fest. Ich spürte, dass er wieder einen ganz kalten Mund bekam.

„Tschüs“, sagte Pelle plötzlich. „Ich muss zum Sportplatz. Ich hab den Jungs versprochen, ihre 60 Meter zu stoppen.“

Ich blieb regungslos stehen. Wie würde es weitergehen? Aber der Knall der zuschlagenden Tür klang trotzdem ziemlich fröhlich in meinen Ohren.

Pelles Geburtstag

Es schien so, als ob das Schicksal mit jenem 17. April etwas Besonderes vorgehabt hätte. Als nichts daraus wurde, verlor es das Interesse an Pelle und mir: Es arrangierte keine Zufallsbegegnungen mehr und ließ vier Wochen lang nichts Schönes mehr passieren.

Stattdessen traf ich Bertil zweimal in der Stadt. Einmal auf der Odengatan und einmal in einem neuen Plattenladen.

„Was soll denn das? Mich legst du nicht rein!“, sagte ich zum Schicksal. „Glaubst du etwa, ich lasse mir von dir vorschreiben, mit welchen Jungs ich zusammen sein soll!“

Auf der Odengatan konnte ich mich sofort in das Kaufhaus Domus hineinverdrücken, aber im Plattenladen war es schlimmer. Ich hielt gerade eine Platte in der Hand, auf die ich lange gewartet hatte, da quetschte sich Bertil durch die Menschenmenge. Er stellte sich neben mich und schielte zu mir herüber.

„Hallo“, sagte ich.

„Hallo“, sagte Bertil.

Dann blieb er ewig lang stehen. Als ich wieder hochschaute, sagte er: „Die Platte würde ich nicht kaufen ...“

Aber darauf antwortete ich gar nicht. Ich kaufte sie einfach. Ich hatte keine Lust, mich mit ihm zu zanken. Dann fängt er bestimmt wieder an, Herzen an die Tafel zu malen, dachte ich.

Danach ging das Leben weiter, ein Tag nach dem anderen. Komisch, dass man in dieselbe Schule gehen und sich trotzdem nie sehen kann. Pelle war wie vom Erdboden verschluckt. Nur ein einziges Mal sah ich ihn auf dem Heimweg von hinten, aber da war er schon drei Häuserblocks weiter vorne, ich konnte ihn kaum erkennen. Er beeilte sich und sah weder nach rechts noch nach links.

Es ist grässlich, wenn man nicht weiß, was der andere denkt. Man selbst muss ja immer weiterdenken, man denkt und denkt, bis man von lauter Gedanken, die in einem hochwuchern, ganz eingesponnen ist. Schließlich würde man am liebsten nur noch wie Dornröschen schlafen, während man auf die Fortsetzung wartet. Aber das geht nicht.

Ich grübelte darüber, wie Pelle wohl seinen Geburtstag feiern würde.

Aber es ist unmöglich, einfach nichts zu tun. Also ging ich immer öfter zum Zirkus, um Tirza zu zeichnen. Und eines Tages traf ich Solveig in der Stadt und ging mit ihr zum Flippern.

Allmählich rückte das Zeugnis immer näher. In Handarbeit hatte ich die Handschuhe fast fertig gestrickt, unter denen wir das ganze Winterhalbjahr gestöhnt hatten. Meine waren schief und krumm, grün mit roten Fingern dran. Sie sahen völlig wahnsinnig aus. Als ich nur noch einen Finger übrig hatte, fiel mir ein, was ich mit ihnen machen könnte. Ich würde sie fertig stricken und Pelle schenken. Zum Geburtstag. Jetzt strickte ich so schön wie möglich, allerdings setzten meine Bemühungen zu spät ein. Als der Handschuh fertig war, sah er aus, als ob ich ihn für ein Monster mit Schwimmhäuten zwischen den Fingern gestrickt hätte.

„Das macht gar nichts“, sagte ich mir. „Wenn er die Braut der Mumie und ihre Mumienbinden gut findet, die so schön im Wasser treiben, dann müssten ihm eigentlich auch Monsterhandschuhe gefallen.“

Ich packte sie ein und schrieb „Für Pelle von Sylvia“ drauf. Aber mit der Post wollte ich sie nicht schicken. Ich konnte sie natürlich heimlich in der Schule in seine Manteltasche stecken, aber das wollte ich auch nicht. Ich wollte sie ihm selbst geben.

Drei Tage vor Pelles Geburtstag hielt ich es nicht mehr aus. Ich musste ihm die Handschuhe einfach bringen. Kurz vor der Haustür stieß ich mit seiner Mutter zusammen.

„Pelle ist nicht daheim“, sagte sie.

„Ich wollte ihm nur ein Geburtstagsgeschenk bringen“, erklärte ich.

„Gib es mir, dann gebe ich es ihm“, sagte Frau Marosi.

Ich kam gar nicht dazu, zu überlegen, sondern gab ihr einfach das Paket.

„Du bist ja dümmer, als die Polizei erlaubt!“, sagte Solveig, als ich es ihr erzählte. „Warum bist du nicht hinter ihr hergerannt und hast ihr das Paket aus der Hand gerissen? Hast du etwa geglaubt, sie würde die Polizei holen?“

Solveig ist wirklich in Ordnung. Damals, als wir miteinander flipperten, hatte ich sie gefragt, ob sie mit mir zur Beratung gehen wolle. Sie war sofort dabei. Am Dreiundzwanzigsten gingen wir hin. Eine Ärztin, die mit polnischem Akzent sprach und wie eine freundliche Bäckersfrau aussah, untersuchte mich und sagte, ich könne für den Anfang ein Rezept für zwei Packungen Antibabypillen bekommen. Das würde für zwei Monate reichen. Aber ich müsse darauf achten, die Pillen jeden Tag einzunehmen. Wenn sie zu Ende gingen, solle ich wiederkommen und berichten, wie ich sie vertragen hätte.

„Und dann?“, fragte ich.

„Wenn du dich wohl fühlst, bekommst du ein neues Rezept.“ Das fand ich gut.

„Darf man die Pille kein einziges Mal vergessen?“, fragte ich. Ich bin doch so vergesslich, dass ich jeden zweiten Tag sogar meine Schultasche vergesse.

Nein, das durfte man nicht. Und bevor ich mit Pelle schlafen wollte, musste ich die Pille mindestens eine Woche lang nehmen. Woher soll ich denn wissen, wann das sein wird?, dachte ich. Schließlich steht's ja nicht im Kalender!

„Gibt es keine Pille, die man nur dann nehmen kann, wenn es darauf ankommt?“, fragte ich.

„Beim ersten Mal kann dein Freund ja ein Kondom benutzen, und du kannst dich mit Schaum schützen“, meinte die Ärztin. „Die Antibabypille kannst du nehmen, wenn du weißt, wie es weitergehen wird.“

Dann ging sie hinaus und sagte, ich sollte mir die Sache überlegen.

Solveig sagte rasch: „Ich kaufe Johans Kondome immer selbst, sonst gäb's ein schönes Schlamassel. Er hat nie Geld und will immer, dass wir's drauf ankommen lassen. Kauft Pelle sie für euch?“

„Das weiß ich noch nicht“, sagte ich. „Aber jetzt werde ich mir auf jeden Fall zwei Packungen Antibabypillen besorgen, wo ich schon mal hier bin. Und Schaum ebenfalls.“

Ich kaufte den ganzen Kram und legte ihn zu Hause in eine Schachtel in der untersten Kommodenschublade.

„Das ist kein guter Platz!“, wandte Solveig ein. „Steck es

doch in deine Umhängetasche. Oder willst du etwa dauernd mit der Kommode im Schlepptau herumlaufen?"

Ich mag Solveig, so wie sie ist. Sie ist nicht kleinlich. Aus Gedichten macht sie sich nichts. Aber sie ist klug. Und unheimlich patent.

Wir zogen tagelang miteinander durch die Straßen, weil sie mir so viel über ihren Johan erzählen musste. Er war tatsächlich reingerasselt und in eine Erziehungsanstalt gesteckt worden, weil es schon das dritte Motorrad war. Erst in einem Monat würde er Urlaub bekommen.

„Bis dahin können wir noch oft ins Kino gehen", sagte Solveig.

„Wollen wir nicht mal zum Sportplatz runtergehen und ein bisschen Ball spielen?", schlug ich vor. „Wir könnten ja schon mal üben, bis es im Park wieder mit Völkerball losgeht."

„Bei dem Wetter?" Aber Solveig kam trotzdem mit.

Es war grau und regnerisch. Der Sportplatz war beinahe menschenleer, bis auf drei dreckverschmierte Gestalten, die in einer Grube Weitsprung übten. Keiner von ihnen war Pelle. Ich fragte mich, was ich eigentlich hier verloren hatte. Aber wenigstens sieht man auf dem Sportplatz viel mehr Himmel als anderswo – die ganze graue Tiefe, Wolken hinter Wolken, die alle weitertreiben und sich nach und nach verändern. Man sieht die Sonne wie einen hellen Fleck durchschimmern. Und wenn man hochschaut, fallen einem die Regenspritzer direkt in die Augen.

„Ich renne nur mal schnell eine Runde und schnappe ein bisschen Luft, dann können wir ja hineingehen und uns aufwärmen", sagte ich.

Ich lief an den Weitspringern vorbei und ließ den Mantel um mich herumflattern. Plötzlich fühlte ich mich wie ein wildes Tier. Die Luft und der Regen schmeckten mir, die Erde war dazu da, um darüber hinwegzufliegen, der Kies gab den Zehen festen Halt. Als ich zu Solveig zurückkam, stand sie da und bibberte vor Kälte.

„Wo hast du den Ball?“, fragte sie. „Jeder darf dreimal werfen, dann gehen wir nach Hause …“

„Ich hab keinen“, sagte ich. „Ich dachte, du hättest einen.“

Solveig schüttelte den Kopf und verdrehte die Augen. „Wieso denn? Du hast doch den Vorschlag gemacht, Ball zu spielen. Glaubst du etwa, dass ich mit ’nem Ball in der Tasche auf die Welt gekommen bin?“

„Vielleicht ist jemand im Umkleideraum, von dem wir einen leihen können“, schlug ich vor.

Solveig verzog das Gesicht und lachte. Sie merkte, dass ich unter allen Umständen in die Wärmehalle hineinwollte, obwohl ich genau wusste, dass Pelle nicht da war – nur um ein Weilchen da zu sein, wo er sich so oft aufhielt.

Die Wärmehalle sieht wie eine Art Lappenzelt aus Holz aus. Innen stehen Bänke für Leute, die ihre Schlittschuhe oder Turnschuhe ausziehen wollen. Wir stießen die Tür auf und traten in den schummrigen Raum hinein. Dort drinnen war es alles andere als leer. Mindestens zehn Jungs und zwei Mädchen waren da, und in dem ganzen Durcheinander saß Pelle. Neben ihm saß ein Mädchen. Ich sank auf die nächstbeste Bank. Das Mädchen hatte meine Handschuhe an!

„Gib ihm die Handschuhe zurück, Anja“, hörte ich eine Stimme sagen. Das war Love.

„Diese scheußlichen Handschuhe kann doch kein Mensch brauchen. Die nehme ich als Topflappen“, sagte Anja.

„Von mir aus kann sie sie haben“, sagte Pelle.

Dann sahen sie alle auf und entdeckten uns. Ein paar machten weiter, als ob sie uns nicht gesehen hätten. Pelle auch. Außer Bertil und Love kannte ich niemanden.

„Bekomm ich die Handschuhe, Pelle?“, schrie Anja.

„Nein, die kriegst du nicht! Die gehören doch Pelle!“, rief Love und hechtete vor, um sie ihr zu entreißen. Anja sprang auf die Bank. Love versuchte hartnäckig, ihr die Handschuhe wegzunehmen, aber jetzt wollten auch die anderen Jungs mitmachen und an Anja herumzerren. Bertil war der Schlimmste von allen. Ab und zu warf er mir einen Blick zu. Bestimmt wusste er, dass ich die Handschuhe gestrickt hatte.

„Lass mich los! Kann ich die Handschuhe mitnehmen, Pelle?“, rief Anja. „Hilfe! Darf ich?!“

Pelle machte ein komisches Gesicht. Er stand auf und begann, mit den anderen Jungs herumzurangeln. Ohne in unsere Richtung zu schauen, warf er die anderen alle von der Bank runter. Er sah nur Anja an.

„Von mir aus, nimm sie!“, sagte er schließlich.

Inzwischen hatte Anja einen Handschuh ausgezogen. Bertil hielt den anderen in der Hand.

„Ich will sie ja gar nicht! Da!“, schrie Anja und schleuderte den Handschuh auf den Boden. Bertil schleuderte den anderen quer durchs Zimmer zu mir.

„Die scheußlichsten Handschuhe der Welt!“, schrie er.

Da sprang Pelle von der Bank und lief zur Tür hinaus. Die anderen drängten hinterher.

„Warte auf mich!“, schrie Anja. „Du wolltest uns doch einladen! Du kannst dich nicht einfach um deinen Geburtstag drücken!“

Die Handschuhe lagen noch auf dem Boden. Bertil nahm den anderen und warf ihn auch in meine Richtung, bevor er hinausging. Ich hob sie nicht auf.

„Pelle hat kein Wort davon gesagt, dass er jemanden einladen will“, sagte Love. „Das hat Anja sich nur ausgedacht!“

Jetzt waren nur noch er und Solveig da.

Da stand ich auch auf und ging hinaus. Draußen wimmelten sie wie ein Schwarm Kaulquappen auf den Ausgang zu. Bertil drehte sich ein paar Mal um. Und Anja hatte sich bei Pelle eingehängt. Pelle drehte sich nicht um ...

Der Sportplatz hatte nur einen Ausgang. Ich musste hinter ihnen hergehen. Love ging die ganze Zeit neben mir. Ich wandte den Kopf. Er sah mich an, als ob er etwas sagen wollte.

„Habe ich Chancen bei dir?“, fragte er.

Ich verstand kaum, was er sagte; ob er freundlich sein wollte oder ... Ich schüttelte nur den Kopf. Er lief hinter den anderen her. Solveig hatte die Handschuhe aufgehoben und sie in die Tasche gesteckt.

„Die kriegt sie auf jeden Fall nicht!“, sagte Solveig.

„Wirf sie weg!“

Als wir über die Eisenbahnbrücke gingen, schlug ich sie ihr aus der Hand und warf sie auf die Schienen.

In der Klasse

Am nächsten Tag ging ich nicht in die Schule. Am übernächsten auch nicht. Und auch nicht am überübernächsten. Ich blieb einfach daheim. Wenn die anderen zu Hause waren, verkroch ich mich in meinem Zimmer, um keine Fragen beantworten zu müssen. Wenn sie fortgingen, benutzte ich die Gelegenheit, um im Wohnzimmer Musik zu hören. Ich hatte keine Lust, etwas zu essen. Wenn niemand da war, ließ ich immer wieder dieselbe Platte laufen. Eine wirklich starke Platte, von der man halb taub wird und beinahe Kopfschmerzen bekommt. Kopfschmerzen, damit man seine anderen Gefühle nicht spürt.

Aber ich weinte nicht. Das hatte keinen Sinn. Das änderte ja nichts. Pelle hatte Anja gern. Nur ein einziges Mal musste ich ganz fürchterlich weinen. Das war, als ich in der Zeitung ein Bild sah. Auf dem Bild waren zwei kleine Kinder, die sich nicht umarmten und die überhaupt nicht so aussahen wie auf meinem und Pelles Bild. Plötzlich stand Jeppe vor meinem Bett und sah mich an. Ich hatte geglaubt, ich sei alleine daheim.

„Weine nicht so", sagte er. „Dann kann ich mein Modell nicht zusammenkleben. Ich klebe dauernd falsch!"

Er saß eine Weile auf meiner Tischecke und sah bekümmert aus.

„Na, dann muss es eben falsch werden", sagte er schließlich und ging in sein Zimmer.

Nach einer Weile spürte ich, dass etwas auf meinem Kopf lag und dann auf den Teppich fiel. Es war ein Käsebrot. Jeppe war wieder da gewesen und hatte versucht, etwas Liebes zu tun.

Am nächsten Tag ging ich wieder in die Schule. Es war unmöglich, zu Hause zu bleiben. Maggan fragte, ob ich krank gewesen sei. Ich sagte, ich hätte Grippe gehabt. Zum Glück war Love nicht da. Aber Bertil saß auf seinem Platz und drehte sich im Laufe des Unterrichts immer wieder nach mir um. Schließlich drehte er seinen Stuhl ganz um, um mich pausenlos anzustarren, doch da sagte der Lehrer: „Bertil Lindberg. Hier vorne ist die Tafel! Hier musst du herschauen!"

Nach der letzten Stunde legte Bertil los. Wir waren alle draußen im Flur und zogen unsere Jacken an.

„He, Jungs, wisst ihr, was neulich auf dem Sportplatz passiert ist? Also, wir saßen in der Wärmehalle und unterhielten uns, und Anja war auch dabei …“

Ich hörte nicht hin, aber die Namen Pelle und Anja drangen doch zu mir durch. Die Jungs schenkten ihm keine Beachtung, sie stritten gerade um irgendwelche Zeiten beim Sport. Als er zum zweiten Mal ansetzte, sagte er: „Pelle und Anja gehen miteinander …“

„Na und? Was geht dich das an?“, fragte Hasse.

Dann wurden sie still und sahen zuerst Bertil an und dann mich. Allmählich ging ihnen wohl auf, dass dies eine Neuigkeit war.

„Red doch nicht so einen Blödsinn daher!“, fuhr Maggan Bertil an.

Da kam er hinter uns her und fragte, ob ich seine Handschuhe leihen wolle.

„Hast du keine Handschuhe?“, fragte er.

Ich bin immer ganz verblüfft, wenn jemand Bosheiten sagt und einen traurig machen will. Mit Absicht! Das kommt mir total verrückt vor. Warum tat er das?

Will er vielleicht feststellen, ob ich weinen kann? Ob er mich dazu bringen kann? Warum nimmt er nicht ein Messer und schneidet an mir herum, um zu sehen, ob ich blute?

Dass er es überhaupt wagt! Und wenn ich jetzt sagen würde: „Du hast bestimmt nur gekaufte Handschuhe zum Ausleihen!“ Aber ich habe keine Lust. Er würde mir Leid tun.

Was glaubt er, wozu das gut sein soll, so etwas zu sagen? Glaubt er, dass er nur dafür sorgen muss, dass ich mit Pelle Schluss mache, um mich dann für sich zu haben? Glaubt er, dass ich dann sofort seine Handschuhe anziehe? Glaubt er etwa, das geht so einfach?

Dann fiel mir ein, dass er mich ja gern hatte. Vielleicht wird man so komisch, wenn der andere einen nicht gern hat, obwohl man den eigenen Dackel am helllichten Tag vor dem Haus des anderen ausführt? Vielleicht ist Pelle Abel und Bertil wird allmählich zu Kain, weil sein Rauch nicht zu mir aufsteigt? Dann würde ich ja wegen Anja genauso werden – gemein und fies. Das hatte ich absolut nicht vor!

Ich will nicht ...

Das alles dachte ich wie ein einziges blitzschnelles Kreuzworträtsel, und gleichzeitig fuhren meine Gefühle Achterbahn. Als ich fertig war, stand Bertil immer noch da und machte ein komisches Gesicht.

„Meine darfst du auf jeden Fall nicht leihen“, sagte er und ging weg.

Aber Maggan war da. „Ist was passiert?“, fragte sie.

Immer muss sie alles wissen. An und für sich hatte ich Lust, es ihr zu erzählen. Wenn man die ganze Zeit nur an eine Sache denkt, ist es schwierig, nicht darüber zu sprechen. Aber wenn es um sehr wichtige Dinge geht, ist es schrecklich anstrengend, darüber mit jemandem zu reden, der nicht so denkt wie man selbst. Alles wird nur verkehrt, auch wenn man noch so viel erklärt. Und dann bildet sich der andere eine Meinung und lässt sie sich nicht mehr ausreden. Maggan liebt traurige Geschichten, sie würde mich bestimmt von ganzem Herzen bedauern und es allen erzählen. Wenn Maggan nur Solveig gewesen wäre! Was sollte ich antworten? Wenn ich sagte: „Zwischen mir und Pelle ist es aus“, dann würde es anschließend auch so sein. Und wenn ich sagte: „Es ist nichts. Irgendjemand hat Pelle meine Handschuhe weggenommen“, so stimmte das nicht. Pelle hatte schließlich gesagt, Anja könne sie haben. Er und ich waren die Einzigen, die wussten, was das bedeutete. Wir allein konnten bestimmen, was werden sollte. Und da sollte Maggan sich nicht einmischen.

„Nein“, sagte ich. „Nichts ist passiert. Es ist nicht der Rede wert.“

„Doch. Irgendwas ist los. Das sehe ich dir an.“

„Ach was. So seh ich immer aus.“

„Nein, du siehst traurig aus. Kannst du es mir nicht sagen?“

„Nein, ich habe keine Lust.“

„Ich erzähl dir doch auch immer alles. Von Mutter und Rejne und alles. Was auch passiert.“

„Das brauchst du nicht“, sagte ich.

„Nein, aber ich will, dass du alles von mir weißt. Weil du meine beste Freundin bist. Ich sage dir meine innersten Gedanken. Das weißt du! Da kannst du es mir doch erzählen …“

Das ist was ganz anderes, dachte ich. Ich bin nicht so verrückt wie du. Ich lass mich nicht von irgendwelchen schimmeligen Vorstellungen hypnotisieren, die meine Mutter eventuell hat. Und ich heule auch nicht andauernd, nur um des lieben Friedens willen … aber andererseits gefällt es mir, dass Maggan so gerne meine beste Freundin sein will.

„Ist was mit Pelle?“, fragte Maggan.

„Das ist es doch immer.“

„Hat er dich verlassen?“

„Er ist auf dem Sportplatz vor mir zum Tor hinausgegangen, und Anja hat sich bei ihm eingehängt, wenn du das meinst“, sagte ich.

„Diese Anja, das ist eine ganz verdorbene Person. Die lässt sich ja mit jedem ein, das wissen doch alle. Und hinter Pelle ist sie auch her und spielt sich vor ihm auf.“

„Sie kann doch nichts dafür, dass sie ihn mag. Es ist überhaupt keine Kunst, Pelle zu mögen. Das tu ich doch auch …"

„Ja, aber die ist doch nicht normal", sagte Maggan. „Die lässt sich einfach von jedem abknutschen: von Ville und Thomas und vom Hausmeister und …"

„Und was ist mit Evald?", fragte ich.

„Was für ein Evald?"

„Der bei euch draußen auf dem Land wohnt. Mit dem wolltest du mich doch verkuppeln, obwohl du gewusst hast, dass ich nur Pelle mag?"

Maggan begriff überhaupt nichts. Sie kapierte nicht, dass sie über geordnete Verhältnisse beim Küssen gar nicht mitreden kann. Schließlich hatte sie mir ja einen wildfremden, spitznasigen Typen aufgehalst.

„Evald wohnt doch gar nicht hier", sagte sie. „Anja kennt Evald doch überhaupt nicht."

Maggan erzählte mir noch eine Menge Sachen über Anja, die ich noch nicht gewusst hatte. Und über Pelle ebenfalls. Sachen, die Lissy und Mona aus der Klasse über uns nach dem Turnen im Umkleideraum diskutiert hatten. Je mehr ich hörte, desto mehr fragte ich mich, wer mir eigentlich sympathischer war, Maggan oder Anja. Anja tat mir leid.

„Von mir aus kann sie küssen, wen sie will. Ich interessiere mich nur für das, was Pelle tut …"

„Auf Jungs ist kein Verlass", meinte Maggan. „Die fallen auf jede herein!"

Da musste ich an Papa denken.

„Das ist doch Quatsch! Die wollen auch nur eine bestimmte Person haben!"

„Ja, aber mit Pelle ist es doch aus, obwohl ihr seit Jahren miteinander geht!", sagte Maggan. „Da siehst du's doch!"

Ich hätte mich nie auf ein Gespräch mit Maggan einlassen sollen. Jetzt stand für sie fest, dass es mit Pelle aus war, genau wie ich befürchtet hatte. Sie wollte es unbedingt so haben.

„Ich habe nie behauptet, dass es mit Pelle aus ist. Ich habe nur gesagt, dass er durchs Tor hinausging …"

„Aber ich sehe doch, dass etwas passiert ist", beharrte sie.

Am Abend rief Maggan an, als ich mit Solveig im Kino war, und sagte zu Jeppe, dass sie sich nur ein bisschen mit mir unterhalten wolle, falls ich traurig sei oder so … Ein Glück, dass Jeppe am Apparat war.

„Die hat doch keinen Grund, traurig zu sein! Die kann doch das ganze Einmaleins!", antwortete er.

Am nächsten Tag hatte das Schicksal offenbar bestimmt, jetzt müsse wieder mal etwas passieren, etwas, das die ganze Sache nur noch schlimmer machte.

Pelle kam in unser Klassenzimmer, um eine Karte von Afrika zu holen. Unser Erdkundelehrer war eine Minute zuvor hinausgegangen, auch um eine Karte zu holen. Pelle erklärte, sein Klassenlehrer habe ihn geschickt. Plötzlich stand er da, steif und verlegen. Er hatte immer noch dieselben alten Pellehaare und dieselbe alte Nase und denselben rauen Mund wie sonst. Und dieselben ausgefransten Jeans und den Pulli, den seine Mutter gestrickt hatte. Aber sonst hatte er sich irgendwie verändert. Er stand mitten im Zimmer und sah mich an. Die Karte hing hinter ihm, aber die schien ihm egal zu sein. Er erinnerte an einen Abgesandten im Feindesland, obwohl er versuchte, natürlich zu wirken.

Seit Pelle eine Klasse übersprungen hat, sind die Jungs in unserer Klasse gegen ihn. Sie sagen, er sei ein Angeber, weil er sich einbilde, besser als sie zu sein. Und sie sind sauer auf ihn, weil er jetzt in der Mannschaft der anderen Klasse mitspielt. Wenn er nicht gerade ein kaputtes Knie hat, ist Pelle nämlich ein prima Linksaußen.

„Was hast du hier zu suchen?“, rief einer. „Hier hast du nichts verloren!“

„Red doch keinen Stuss! Ich will ja nur die Karte holen.“

„Die kriegst du nicht! Das ist unsere Karte! Afrika gehört uns! Verdufte in dein stinkiges Klassenzimmer! Wir brauchen hier keine Oberklässler!“, schrie Hasse.

„Raus mit dem Söldner! Kilimandscharo den Kilimandscharoboys!“, rief Sune.

„Black Power! Black Power!“, schrien die übrigen Jungs. Sie suchten nach Sachen, um Pelle damit zu bewerfen. Sie zückten Bleistifte und Radiergummis, und Bertil rannte zur Tafel vor und holte Kreide.

„Raus mit dir! Du brauchst gar nicht herzukommen und unsere Mädels anzumachen, halt du dich an Anja!“, schrie Bertil.

Pelle hatte nichts zum Werfen und war überhaupt völlig unvorbereitet.

„Was ist denn eigentlich los?“, sagte er.

Love verteidigte Pelle sonst immer, aber jetzt saß er nur da.

Plötzlich hatten alle irgendwas in der Hand, und dann brannte bei ihnen die Sicherung durch. Sie hämmerten auf die Tische wie auf Bongotrommeln. Jetzt waren sie wirklich wütend. Einer zog seinen Schuh aus und schleuderte ihn durchs Klassenzimmer, er flog nur knapp an Pelles Kopf vorbei. Als die anderen das sahen, machten viele es nach. Und dann warfen sie einfach alles, was sie erwischten.

Pelle versuchte, sich hinter der Karte zu verstecken. Doch

da erhob sich die ganze erste Reihe, und Bertil riss den Zeigestock an sich.

„Pass auf", schrie ich.

„Seid ihr wahnsinnig geworden?", brüllte Love.

„Los, gebt's ihm", stachelten die Jungs sich gegenseitig an.

Bertil drosch mit dem Stock auf ihn ein, die ganze Meute warf sich auf Pelle und drängte ihn zur Tür. Er duckte sich und wollte rückwärts hinaus, da klemmten sie ihm noch seinen Fuß in der Tür ein. Hinterher heulten sie wie die Wilden und tanzten um die Karte herum, bis der Erdkundelehrer kam. Er versuchte, sie zurechtzuweisen, aber er wusste ja nicht, um was es ging.

„Er geht nicht mehr in unsere Klasse! Da soll er gefälligst wegbleiben!", sagten alle außer Love.

„Das ist doch kein Grund, ihn so zu behandeln!", sagte ich.

„Du hast gar nichts zu melden", sagte Sune. „Jetzt brauchst du wirklich nicht mehr zu Pelle zu halten!"

„Die Kilimandscharogirls den Kilimandscharoboys!"

„Das Weib schweige in der Gemeinde."

„Richtig!", sagte Bertil.

Da warf ich mein Federmäppchen nach Bertil, das Erdkundebuch und der Atlas flogen hinterher. „Glaub ja nicht, dass du über mich bestimmen kannst!", schrie ich.

„Was ist denn jetzt los?", sagte Hasse, der den Atlas an den Kopf bekommen hatte. „Bist du verrückt geworden?"

„Halt du den Schnabel! Glaubst du, ich sei eine Leibeigene, nur weil ich in dieselbe Klasse gehe wie du? Glaubt ihr, ihr könnt alles bestimmen, nur weil ihr Jungs seid? Verkriecht euch ins Mittelalter, alle miteinander. Ihr könnt ja nicht einmal über euch selbst bestimmen!"

„Genau! Richtig!“, schrien Carina und Netan.

Der Lehrer kam angerannt, um Hasse und mich zu trennen.

„Die Jungs bestimmen über die Mädchen!“, schrien die Jungs.

„Die Mädchen bestimmen über die Jungs!“, schrien die Mädchen.

„Schon gut, schon gut!“, versuchte der Erdkundelehrer und fing den Atlas auf, der wieder durch die Luft gesegelt kam. „Das mit der Vorherrschaft der Männer und dem Befreiungskampf der Frauen müssen wir ein anderes Mal klären. Beruhige dich jetzt, ich bin doch auch ein Mann!“

„Selber Schuld!“, sagte ich und stieß ihn weg. „Sie dürfen auch nicht über mich bestimmen!“

Hasse begann zu lachen, und Netan klatschte Beifall. Der Erdkundelehrer sah etwas betreten aus.

„Einer muss doch bestimmen“, meinte Maggan.

Doch da fiel ihm endlich ein, was er sagen wollte. Er ist nicht so dumm, wie er aussieht. Eigentlich mag ich ihn am liebsten von allen Referendaren, die wir zurzeit haben.

„Ich schlage vor, dass derjenige, der das Vernünftigste sagt, von Mal zu Mal das letzte Wort hat! Und dass alle, die ein vernünftiges Wort erkennen können, den Mund halten. Jetzt zum Beispiel!“

Während er an seine Tafel zurückmarschierte, murmelten die Jungs sich zu, dass sie in der Pause ihre Kugelschreiber mitnehmen würden, um die Mädchen aus ihrer Klasse zu markieren.

Maggan sah mich an. „Auf jeden Fall ist es Pelle nur recht geschehen, dass er rausgeworfen wurde. Da merkt er wenigstens, dass er sich nicht einfach benehmen kann, wie es ihm passt“, flüsterte sie.

Als ob Pelle etwas getan hätte.

An diesem Tag wartete ich, bis alle anderen gegangen waren, bevor ich das Klassenzimmer verließ. Ich wollte nicht mit Bertil und den anderen Bestien zusammen sein. Ebenso gut könnte man ja mit einer Herde Stierkälber durch die Straßen gehen, die auf alles losrasen, was sich bewegt. Maggan wollte unbedingt bleiben, um mich zu trösten. Schließlich sagte ich ihr, ich müsse aufs Klo, sie solle im Klassenzimmer auf mich warten. Ich lief hinaus und nahm meine Jacke. Ich wollte mit niemandem zusammen sein, auch mit Maggan nicht.

Als ich die Treppe hinunterlief, stieß ich mit einem Jungen zusammen, der hinaufging und wie Pelle aussah.

„Hast du meine Handschuhe gesehen?“, fragte er. „Ich glaube, ich habe sie verloren.“

„Keine Ahnung, wo sie sind“, sagte ich.

Als ich fast zu Hause war, blieb ich vor einem Kurzwarenladen stehen und dachte: Das war ja Pelle! Hatte er etwa die Handschuhe gemeint, die ich ihm gestrickt hatte?

Die Kettenreaktion

Dann dauerte es mindestens zwei Wochen, bis ich Pelle wiedersah. Ich ging immer wieder über die Eisenbahnbrücke und sah auf die Schienen hinunter. Wenn die Handschuhe noch dort lägen, würde das bedeuten, dass Pelle sie haben wollte und dass ich sie mitnehmen und aufbewahren musste. Aber da unten lagen keine Handschuhe. Ich ging zum Bahnhof ins Fundbüro und fragte, ob jemand ein Paar rot-grüne Handschuhe abgegeben hätte. Das hatte niemand. Die Handschuhe waren verschwunden.

Ich ging später noch einmal hin und erkundigte mich, ob jemand nach einem Paar rot-grüner Handschuhe gefragt hätte. Ich dachte, dass Pelle ...

„Niemand außer dir", sagte der Mann, der auch das letzte Mal am Schalter gewesen war.

Pelle konnte ja nicht wissen, dass ich sie weggeworfen hatte.

Während der ganzen Zeit sah ich Pelle nur ein einziges Mal von weitem. Er war mit ein paar anderen Jungs und Anja zusammen. Da machte ich einen Umweg durch den Park und den Spielplatz.

Wenn schönes Wetter ist und sie ihre Briefträgertour beendet hat, geht Mama manchmal auch dorthin. Mama sagt immer, Briefträger sei der beste Job der Welt. „Man läuft und läuft und kann seinen Gedanken nachhängen. Manchmal trifft man nette Menschen, mit denen man reden kann, und manchmal Dummköpfe, die sich ärgern, wenn sie Post bekommen. Und dann die vielen spannenden Ansichtskarten, die man lesen muss!", sagt sie. Meistens nimmt sie Charlie Karlsson mit auf ihre Tour. Er und die Briefträgertasche passen genau in einen alten Zwillingskinderwagen. Dabei muss die Tasche hinter Charlie Karlsson stehen, sonst sortiert er unterwegs die ganze Post um. Man kann ihm einfach nicht klar machen, dass er nicht auch ein Briefträger ist. Manchmal, wenn jemand am Wagen vorbeigeht, schnappt er sich einen Brief und streckt ihn auf gut Glück in die Luft.

„Bitte, bitte", sagt er dann.

Ich sah sie beinahe sofort. Die Briefträgertasche war leer. Sie waren einkaufen gewesen, und Charlie Karlsson sortierte jetzt Mohrrüben. Ich beschattete sie von Laternenpfahl zu Laternenpfahl. Charlie Karlsson entdeckte mich und winkte mir mit einer Mohrrübe. Aber Mama drehte sich nicht um. Sie dachte wohl an etwas anderes und sprach wie so oft mit sich selbst. Ich winkte zurück. Als sie beim Spielplatz ankamen, hatte Charlie eine leuchtende Spur aus Mohrrüben für mich gelegt. Mama merkte nichts. Sie setzte Charlie einfach in den Sandkasten und sich selbst auf eine Schaukel. Ich hob die Mohrrüben auf und schlich ihnen nach.

Plötzlich sprang ich aus dem Gebüsch und hielt mir die Mohrrüben über den Kopf. Das berührte Mama nicht im Geringsten. Sie schaukelte einfach weiter und sah mich dabei an. Plötzlich lachte sie. „Wo hast du die denn gefunden? Und wieso bist du hier?“, rief sie.

Ich ging zu ihr hin und setzte mich auf die Schaukel neben sie. „Mit wem unterhältst du dich?“

„Mit Herrn Dagarsson. In Vindbrogatan drei.“

„Worüber unterhaltet ihr euch?“

„Über alles Mögliche. Darüber, wie Briefkästen beschaffen sein sollten. Darüber, was wichtig ist und was nicht. Was ein Freudenblitz ist. Ich sage ihm Sachen, die mir letztes Mal, als wir uns unterhielten, nicht eingefallen sind.“

„Ich verstehe nicht, wie man aufhören kann, jemanden gern zu haben, wenn man erst einmal damit angefangen hat“, sagte ich. „Das könnte ich nie, auch wenn ich es müsste.“

„Das musst du doch nicht.“

„Doch, wenn der andere aufhört, einen gern zu haben. Und einen nicht mehr sehen und nicht mit einem reden will.“

„Du kannst ihn doch trotzdem noch gern haben, oder nicht? Daran kann dich niemand hindern. Und während du in ihn verliebt bist und dich gut und froh fühlst, bist du zu den Leuten, die du eigentlich nicht besonders magst, auch ein bisschen netter als sonst. Dann kriegen sie auch etwas davon ab. Du kannst den, den du liebst, in eine Gestalt verwandeln, mit der du dich jederzeit in Gedanken unterhalten kannst.“

Sie trällerte: „Träumen ist leben, wenn das Leben ein Traum ist …“

„Anders finde ich das aber besser“, wandte ich ein.

„Oh nein. Manchmal macht es fast noch mehr Spaß. Auf die Art gibt es keine Probleme. Man kann so stark an einen anderen Menschen denken, dass er einem so gegenwärtig wird wie in Wirklichkeit.“

„Das genügt nicht. Man muss sich anfassen können … Wieso ist es möglich, dass der andere einfach aufhört, einen gern zu haben? Ich will nicht, dass er sich so ändert …“

„Das weißt du ja gar nicht sicher. Vielleicht sieht es nur so aus.“

„Kann man mehr als einen Menschen gern haben? Gleichzeitig?“

„Natürlich kann man das!“, sagte Mama. „Das tue ich andauernd. Das muss man können. Stell dir vor, wenn ich nur eines von meinen vier Kindern gern hätte! Das ginge doch nicht, oder? Oder stell dir vor, wenn ich euch und Oma und alle anderen nicht gern hätte, nur weil ich Papa gern habe! Je mehr Leute man gern hat, desto mehr Leute haben einen selbst auch gern. Liebe sollte immer eine Kettenreaktion sein. Wenn man nicht mehr als einen Menschen lieben kann, dann muss man eben versuchen, es zu lernen. Zum Glück ist das ziemlich einfach. Und es gibt so viele liebenswerte Menschen.“

„Ich kenne nur einen“, sagte ich.

„Das liegt daran, dass du noch nicht so lange im Spiel bist. Du kennst noch nicht so viele. Aber ich verspreche dir, dass es viele gibt!“

„Magst du Herrn Dagarsson gern?“

„Klar tu ich das.“

„Weiß Papa das?“

„Er weiß, dass ich Fantasiebekannte habe. Manchmal versuche ich, ihm davon zu erzählen. Doch da sagt er nur, solche Menschen gäbe es nicht. Die Menschen seien viel schlechter und dümmer.“

„Papa interessiert sich nur für einen einzigen Menschen. Und das bist du!“

Mama nickte.

„Glaubst du, dass Pelle mich nicht mehr gern hat?“

„Nein, das glaube ich nicht“, sagte Mama. „So dumm kann er nicht sein. Du bist so süß und lieb, und ich habe dich so schrecklich gern, also, das glaube ich ganz bestimmt nicht. Du bist wie eine Hecke voll Himbeeren. Und ihr habt doch schon so viel Spaß miteinander gehabt. Die schönen Sachen vergisst man nie. Nur die traurigen. Und warum sollte er das denn tun?“

„Ich weiß nicht. Manchmal passiert so viel, und manchmal passiert überhaupt nichts. Alles ist so kompliziert ...“

Ich hatte keine Lust, Mama genau zu erklären, wie es war. Jetzt war ich auch besserer Laune. Ich fühlte mich wie eine ganze Hecke voll Himbeeren. Pelle war selbst schuld, wenn er keine Himbeeren wollte. Ich begann zu schaukeln. „Wollen wir wettschaukeln? Wer als Erster beinahe Überschlag macht, gewinnt!“

Wir strengten uns riesig an, bis Mama freiwillig aufgab.

„Ich muss auf der Erde bleiben und Charlie Karlsson hüten“, sagte sie als Ausrede.

Ich schaukelte weiter. Der Wind pfiff in die Jackenärmel hinein, und wenn ich nach vorne schaukelte, kamen meine Haare fast nicht mit. Wenn ich nach hinten flog, spürte ich, wie der Erdboden davonraste und die Bäume nach hinten fegten. Ich kann fliegen, dachte ich. Ich brauche keine Schaukel – jetzt lasse ich sie los und fliege zu den Bäumen hinüber ... jetzt!

Aber schließlich wartete ich doch lieber, bis ich nicht mehr ganz so schnell war. Dann ließ ich los und sprang halbwegs zum Papierkorb.

„Ich muss jetzt mit Charlie Karlsson heimgehen, er wird allmählich müde und hungrig“, sagte Mama. „Kommst du mit?“

„Nein. Ich geh vielleicht noch kurz zu Maggan. Ich komme später.“

Jetzt hatte ich plötzlich Lust, einen Riesenspaziergang zu machen und meine gute Laune in den Schaufenstern zu spiegeln. Dann wollte ich meinen Skizzenblock holen, den ich bei Solveig vergessen hatte, und sie bei der Arbeit abzeichnen. Solveig arbeitet bei der Post. Sie steht in einer Ecke und sortiert mit zwei anderen zusammen den ganzen Tag Karten und Briefe in Buchstabenfächer hinein. Sie strecken sich kreuz und quer, werfen ihre Briefe zielsicher in die Fächer und schnattern dabei wild drauflos.

Menschen in Bewegung kann ich besonders gut zeichnen. Ich zeichne lieber schnell und falsch als langsam und genau. Wenn man fünfzehn schlechte Skizzen von ein und derselben Sache macht, dann wird meistens eine davon plötzlich Spitze. Ich war gespannt, ob ich Solveigs Hand beim Werfen einfangen würde. Hände sind das Schwierigste überhaupt.

Plötzlich tauchte direkt vor mir Pelle im Gewimmel auf. Er sah verstohlen in meine Richtung.

„Hallo, Pelle“, sagte ich, als ich an ihm vorbeiging. Dann bog ich um die Ecke zur Post.

Manchmal fragt man sich, ob man noch normal ist. Pelle einfach vorbeigehen zu lassen! Und dabei streckte er seine Nase in die richtige Richtung und alles! Und mir war klar, dass er mich zufällig treffen wollte. Aber ich hatte nicht rechtzeitig auf die Bremse getreten, und überhaupt tat es mir gut, zu sehen, wie er herumtigerte und so tat, als ob er sich die Schaufenster anschauen würde. Jetzt war er an der Reihe, fand ich. Es beunruhigte mich kein bisschen, dass ich an ihm vorbeigegangen war. Das war im Augenblick genau richtig. Ich fühlte mich nämlich immer noch so, als könnte ich ohne Flügel fliegen und wäre eine wandelnde Himbeerhecke.

Ich ging geradewegs zu Solveig, holte den Block und zeichnete Solveigs Hand. Sie wurde gut, obwohl ich sie nur dreimal zeichnen konnte, bevor Solveig zum Essen ging. Sie hatte Spätschicht bis um elf, daher konnten wir nicht ins Kino. In der Kantine aß ich noch einen Happen von ihrem Teller, dann ging ich zu Maggan, um zu sehen, wie es ihr ging.

Als ich damals aus dem Klassenzimmer weglief und sie stehen ließ, war Maggan beleidigt gewesen; jetzt musste ich behutsam mit ihr umgehen und ihr zeigen, dass ich mir etwas aus ihr machte, das war mir klar.

Wir hatten inzwischen schon darüber gesprochen, und Maggan hatte mir verziehen und gesagt, ich könne nichts dafür. Ich sei so außer mir gewesen, dass ich nicht mehr gewusst hätte, was ich tat, behauptete sie. Das stimmte natürlich nicht, aber eine bessere Erklärung fiel mir auch nicht ein. Und Maggan akzeptiert nur höheres Drama. Also blieb es dabei.

Ich pfeife darauf, was die anderen glauben. Wenn Maggan unbedingt glauben will, dass die Welt ein Jammertal ist und dass Pelle und ich ein Beispiel dafür sind, dann muss sie das eben tun. Und dabei verändert sich doch alles pausenlos. Ich kann ihr gar nicht schnell genug erklären, an welchem Tag das Leben hoffnungslos und an welchem es wundervoll ist.

Und es ist mir auch völlig egal, was die anderen in der Klasse sagen. Pelle und ich brauchen uns nicht nach ihnen zu richten. Die haben ja keine Ahnung davon, dass wir uns vielleicht plötzlich auf demselben Bürgersteig treffen und genau da weitermachen können, wo wir aufgehört haben.

Maggans Mutter machte die Tür auf. Sie sagte, Maggan sei nicht zu Hause.

„Doch, das bin ich!“, hörte ich Maggan mit weinerlicher Stimme rufen. „Wer ist da?“

„Margareta muss Hausaufgaben machen. Sie hat keine Zeit, mit dir zu sprechen“, sagte ihre Mutter.

„Ich könnte ihr doch helfen und sie abfragen.“

„Das ist nicht nötig. Margareta kommt alleine zurecht. Du brauchst dir nicht einzubilden, dass Margareta immer auf Abruf bereitsteht, wenn es dir passt, Sylvia! Man kann doch nicht einfach am einen Tag von seiner besten Freundin weglaufen und am nächsten so tun, als ob nichts passiert wäre! Da brauchst du jetzt gar nicht angerannt zu kommen und dich zu verstellen ...“

„Aber wie sollen wir uns dann wieder vertragen?“, unterbrach ich sie. „Ich muss es doch wenigstens versuchen dürfen! Oder ist es verboten, sich wieder zu vertragen?“

Maggan hatte ihrer Mutter natürlich alles erzählt.

„So spricht man nicht mit Erwachsenen. Ich mag deinen Einfluss auf Maggan überhaupt nicht, Sylvia ...“

Jetzt kam Maggan mit Tränen in den Augen herausgestürzt und versuchte, an ihrer Mutter vorbeizukommen. „Hör nicht auf sie! Sie macht nur alles kaputt! Ich möchte, dass du hereinkommst ... bitte, wir wollen uns doch nur kurz unterhalten! Mit Englisch bin ich schon fertig!"

„Das bist du gar nicht!", sagte ihre Mutter. „Man darf dich ja nicht einmal abfragen! Du glaubst wohl, dass du tun kannst, was du willst?! Aber hier im Haus bestimmen Vater und ich, und wie andere Leute ihre Kinder erziehen, gehört nicht hierher! Jetzt habe ich genug von deinen Zicken! Heute Abend werde ich mit Vater sprechen. Und Sylvia braucht sich bei uns nicht einzumischen ... jetzt gehst du in dein Zimmer und machst weiter, verstanden? In einer Viertelstunde musst du es können – wie am Schnürchen!"

„Bis morgen!", sagte ich, da ich Maggan zeigen wollte, dass sie nicht ganz verlassen war.

Maggan raffte sich zu einem Fluchtversuch auf, doch ihre Mutter hielt sie mit aller Kraft zurück. Ich versuchte, ihr hinter dem Rücken ihrer Mutter mit Zeichensprache klar zu machen, dass wir uns heute Abend oder morgen anrufen und uns in der Schule sehen würden.

Aber Maggan weinte jetzt so heftig, dass sie nichts mehr hörte oder sah. Ihre Mutter machte die Tür zu.

Es blieb mir nichts anderes übrig, als heimzugehen. Maggan tat mir schrecklich leid. Ich blieb eine Weile im Hauseingang stehen und versuchte, ihr drahtlosen Trost zu telegrafieren. Ich überlegte, ob ich wieder hinaufgehen und mit ihrer Mutter ein ernstes Wörtchen reden sollte. Oder ob ich einfach mit den Fäusten auf die Tür losgehen sollte, bis sie aufmachte, um dann hineinzustürzen und Maggan zu entführen. Aber dann wäre es wahrscheinlich für immer aus zwischen uns. Dafür würde ihre Mutter bestimmt sorgen. Da war es wohl doch besser, bis morgen zu warten. Niemand konnte uns daran hindern, uns in der Schule zu treffen.

Auf dem Heimweg musste ich daran denken, dass Pelle vorhin hier in unserer Straße gewesen war, und da bekam ich wieder gute Laune. Das Leben war schön, das ließ sich nicht bestreiten. Ein Glück, dass nicht alle gleichzeitig so traurig waren wie Maggan, wer hätte sie dann morgen trösten sollen?

Dann dachte ich daran, dass ich mir etwas einfallen lassen musste, um Pelle wiederzutreffen. Aber erst wollte ich noch ein paar Tage abwarten und sehen, was das Schicksal vorhatte. Und was Pelle vorhatte ...

Am nächsten Tag musste ich mich ausschließlich um Maggan kümmern. Sie war schon im Auflösungszustand, als sie in die Schule kam. Wir gingen erst mal aufs Klo, um uns in Ruhe zu unterhalten. Maggan weinte so sehr, dass sie kaum sprechen konnte. Es hatte mit einem gewöhnlichen Hausaufgabenstreit begonnen. Maggan hatte gesagt, dass sie sich alleine um ihre Aufgaben kümmern wolle. Da war ihre Mutter wild geworden und hatte geschrien, solange sie nicht volljährig sei, habe sie gar nichts zu bestimmen. Maggan hatte gesagt, Sylvia dürfe aber vieles selbst bestimmen. Daraufhin hatte ihre Mutter wieder die Sache mit meinem Davonlaufen ins Spiel gebracht. „Sylvia macht sich überhaupt nichts aus dir“, hatte die Mutter gesagt.

„Ich mache mir freilich was aus dir!“, sagte ich zu Maggan und gab ihr meine Mütze, damit sie sich das Gesicht abtrocknen konnte.

„Du findest mich doof“, heulte Maggan. „Es macht dir keinen Spaß, mit mir zusammen zu sein. Ich kann nicht gut zeichnen und gar nichts ... Du läufst einfach weg, wenn du mit mir zusammen bist!“

„Das war doch nur das eine Mal! Mach dir nichts draus, was deine Mutter sagt. Sie will uns nur auseinander bringen! Aber das ist uns egal! Wir sitzen doch immer noch in derselben Bank, daran kann sie nichts ändern. Man muss ja in die Schule gehen, schließlich gibt es die Schulpflicht. Ich werde immer neben dir sitzen, bis wir mit der Schule fertig sind, und bis dahin sind es noch viele Jahre! Und wenn du willst, gehen wir auch noch zusammen ins Altersheim."

„Aber dieselbe Arbeit werden wir nie haben, vielleicht sind wir später nicht einmal in derselben Stadt! Und im Sommer darfst du nicht zu uns aufs Land kommen! Und wie soll ich denn dann Rejne treffen ...?", weinte Maggan weiter.

Maggan erzählte, dass ich ausgerechnet in dem Augenblick geklingelt hatte, als sie sich über mich stritten. Hinterher hatte Maggans Mutter versucht, sie zu ohrfeigen.

Ich wusste überhaupt nicht mehr, was ich mit Maggan anfangen sollte. Die Schulglocke schrillte, aber in diesem Zustand konnte sie unmöglich ins Klassenzimmer gehen. Ich nahm Maggan in die Arme und wiegte sie hin und her, wie Mama es immer mit mir machte. Maggan weinte weiter, und ihre Tränen liefen jetzt auch mir über die Wangen. Aber allmählich schien sie sich doch ein klein wenig zu beruhigen.

„Sie hat ihn gefunden", glaubte ich zu verstehen.

„Wen gefunden?"

„Rejnes Brief. Den hab ich immer hinten im Englischbuch, damit ich ihn beim Lernen angucken kann."

Langsam dämmerte mir, wie alles zusammenhing.

„Stand irgendwas Schlimmes drin?"

„Ja, er hat ‚Liebling' geschrieben", schluchzte Maggan. „Und jetzt will Mutter vom Arzt feststellen lassen, ob ich mit Rejne geschlafen hab. Und dann will sie Rejne wegen Vergewaltigung verklagen."

„Ja, ist sie denn völlig übergeschnappt?", sagte ich. „Das kann sie doch nicht tun!"

„Und ob sie das kann! Und sie wird es tun! Ich habe dir doch gesagt, dass meine Mutter völlig wahnsinnig ist. Du glaubst mir nicht! Aber es stimmt! Sie hat mich nie gern gehabt. Sie will mich in die Schweiz in ein Internat schicken, und ich darf dann viele Jahre lang nicht nach Hause kommen. Niemand hat mich gern! Niemand ..."

Die ganze erste Stunde blieben wir auf dem Klo. Dann mussten wir raus, weil Pause war und eine Menge Mädchen hereinströmten. Carina und Netan aus unserer Klasse versuchten auch, Maggan zu trösten, doch das war fast unmöglich. Als die Pause um war, bemühten wir uns, Maggans Tränen mit den Händen wegzuwischen, und Carina lieh ihr einen Kamm. Dann gingen wir in die Klasse. Maggan hatte aufgehört zu weinen, sie schluchzte aber immer noch ab und zu vor sich hin.

Hasse wurde unruhig und sagte: „Warum weinst du?" Aber die übrigen Jungs versuchten, höflich zu sein und so zu tun, als ob nichts wäre.

Da kam der Erdkundelehrer und setzte sich neben Maggan auf die Bank. Er strich ihr leicht übers Haar und sagte: „Ich kann dir wohl nicht helfen, nehme ich an? Oder?"

Maggan legte den Kopf auf die Arme und begann wieder zu weinen.

„Entschuldige, dass ich hier auf deiner Bank sitze. Ich versuche nur, dir auf meine männliche Art eine Stütze zu sein", sagte er und blieb sitzen.

Da mussten wir anderen lachen, und Maggan lachte mit.

Aber in der nächsten Pause war es wieder genauso

schlimm. Und als wir heimgehen wollten, fing es von vorne an.

„Ich glaubte zuerst, *du* würdest weinen, weil Pelle doch wegzieht!“, sagte Netan zu mir.

Ich tröstete Maggan weiter, als ob nichts passiert wäre. Maggan wagte nicht, mit mir nach Hause zu gehen. Das würde ihre Mutter zu sehr aufregen. Sie wollte lieber, dass Netan mit ihr kommen und den ganzen Abend bei ihr bleiben sollte, damit ihre Eltern ihr nichts antun konnten. Maggan war fest davon überzeugt, dass ihre Mutter ihrem Vater alles erzählen würde, wenn sie es nicht schon getan hatte. Und das wäre das Schlimmste, was passieren könnte, sagte Maggan. Netan versprach mitzukommen.

Ein Möbelwagen

Netan und Maggan nahmen ihre Schultaschen und verschwanden in Maggans Richtung.

Ich war froh, dass sie gingen. Mir war es einfach zu viel, mich um Maggans Sorgen zu kümmern und gleichzeitig zu wissen, dass Pelle wegziehen würde.

Wahrscheinlich hatte er es Netan auf dem Heimweg erzählt. Pelle hatte gewusst, dass er wegziehen würde, als ich ihn in unserer Straße herumtigern sah. (Und ich hatte abwarten wollen, bis etwas geschah ...!) Was sollte ich nur tun, wenn er ans andere Ende der Stadt ziehen und nicht mehr in dieselbe Schule gehen würde?

Ich musste Netan anrufen und fragen, was er gesagt hatte. Egal, was sie dachte. Noch am selben Abend rief ich sie an.

Aber Netan wusste so gut wie nichts. Nur dass Pelles

Eltern woanders hinziehen wollten, weil ihr Geschäft eine bessere Lage brauchte. Mehr hatte Pelle nicht gesagt.

Jetzt konnte ich nicht mehr auf dieses unbeholfene Schicksal warten. Und auf Pelle wagte ich mich nicht zu verlassen. Er glaubte vielleicht, dass ich nichts mehr für ihn übrig hatte, weil ich neulich einfach an ihm vorbeimarschiert war und ihm nur „Hallo“ zugerufen hatte. Vielleicht würde er keinen Versuch mehr machen, es mir zu sagen. Am nächsten Tag sorgte ich dafür, dass ich in den Pausen jedes Mal alleine draußen war. Das war nicht schwierig, weil Maggan jetzt mit Netan zusammensteckte. In der vorletzten Pause sah ich Love und Pelle im Treppenhaus stehen. Ein paar andere Jungs standen auch noch dabei, aber ich ging trotzdem hin.

„Dort haben sie auch einen guten Sportverein. Mit ’nem großen Platz und eigenem Trainer“, sagte Pelle gerade.

„Wozu brauchst du denn das? Du hüpfst doch sowieso immer auf einem Bein herum!“, sagte Love und lachte. „Da musst du ja auch die Schule wechseln!“

„Klar“, sagte Pelle. „Aber das ist nur gut, ich muss die Klasse ja sowieso wiederholen. Dann kann ich mein Zeugnis etwas aufbessern, damit die Alten zufrieden sind. In einer neuen Schule ist das einfacher, da haben sie keine Vorurteile.“

„So ein Quatsch!“, sagte Love.

„Nein, ehrlich, ich freu mich drauf!“, sagte Pelle. „Hier kann man doch nicht sein ganzes Leben verbringen. Und mir gefällt es auf dem Land. Es ist gar nicht weit in die Stadt.“

„Wo zieht ihr hin?“, fragte ich.

„Nach Hälsingborg“, sagte Pelle, ohne mit der Wimper zu zucken.

Anja kam die Treppe heruntergesaust und fiel Pelle um den Hals. „Musst du wirklich umziehen? Buuuuh!“, schrie sie und tat so, als müsste sie weinen.

Pelle lachte nur und lief ein paar Stufen nach oben. Anja blieb zurück. Pelle sah Love und mich an. Anja war mir egal. Wenn man einen Menschen nicht besitzen kann, dann kann man es eben nicht. Dann kann Anja es auch nicht. Aber ich wusste nicht, was ich sagen sollte. Hälsingborg liegt ja ganz unten in Südschweden. Und Pelle war nicht einmal traurig! Wir gingen nebeneinander die Treppe hinauf, Stufe um Stufe. Ich war gespannt, was er tun würde, wenn wir meinen Treppenabsatz erreichten. Ob er stehen bleiben würde oder nicht. Doch da kamen die Drittklässler wie eine schreiende Flut und rasten zwischen uns die Treppe hinunter. Pelle wurde beiseite gestoßen und ich auch. Ich sah nur noch schwarz. Jetzt musste ich wohl oder übel in mein Klassenzimmer.

Zuerst versuchte ich mir einzureden, dass Pelles Eltern es sich in letzter Minute noch anders überlegen würden oder dass Pelle sich weigern würde. Dann bildete ich mir ein, dass ich etwas dagegen tun könnte. Doch je mehr ich mit meinen Ideen herumjonglierte, desto deutlicher sah ich, dass sie unmöglich waren. Ich würde nichts ändern können. Pelle würde wegziehen. Das war eine Tatsache.

Eigentlich spielte es keine Rolle, wann er umziehen würde. Da er ja sowieso für immer verschwinden würde, war das egal. Auf jeden Fall war mein Leben zerstört. Ich würde ihn nie mehr sehen können. Nicht einmal aus Versehen. Er würde verschwunden sein wie ein Haus, das abgerissen worden war, wie ein Astronaut auf dem Mond, wie ein Toter. Und so traurig wie ich war er auch nicht. Wie war das nur möglich? Dass er sich für Anja interessierte, glaubte ich inzwischen auch nicht mehr. Hatte er überhaupt jemanden gern? Gab es nichts, was „wirklich gern haben" hieß?

Das gibt es doch, dachte ich. Schließlich habe ich ihn ja wirklich gern! Dann muss er es doch auch tun! Das tut er auch. Ich weiß, wie er ist. Er versucht, einem etwas vorzumachen. Was hatte er sonst in unserer Straße verloren? Aber dann ist er ja nicht ganz bei Trost! Warum ruft er nicht an? Glaubt er etwa, dass ich ihn nicht mehr leiden kann? Wie dumm darf man überhaupt sein?

Je mehr ich überlegte, desto deutlicher wurde mir, dass man sogar noch dümmer sein durfte. Nach ein paar Tagen wollte ich unbedingt wissen, wann er fahren würde. Es waren noch zwei Wochen bis zu den Sommerferien. Ich wollte ihn vorher noch sehen. Obwohl es keinen Sinn hatte. Und wozu? Damit er erfuhr, dass ich ihn gern hatte. Und damit ich erfuhr, ob er mich gern hatte.

„Was hilft das schon?", sagte Solveig. „Was hast du denn davon, vielleicht zehn Minuten mit ihm zusammen zu sein? Das ist ja, wie wenn man ein Gummiband dehnt. Wenn es reißt, tut es auf jeden Fall weh. Das weißt du doch! Tu doch so, als ob er schon gefahren wäre! Dann brauchst du auch nicht zu erfahren, was er über dich denkt."

„Du glaubst also, dass er mich nicht mehr leiden kann", sagte ich. „Aber ich will Bescheid wissen. Und zwar endgültig!"

„Das redest du dir nur ein!", sagte Solveig.

Sie ist immer so kaltschnäuzig und misstrauisch.

Ein anderes Mal versuchte Maggan mich auf ihre Art zu trösten. Alle ihre eigenen Sorgen hatten sich in nichts aufgelöst. Ihre Mutter hatte ihrem Vater nichts erzählt. Maggan hatte sogar Rejnes Brief zurückbekommen. Dafür hatte sie versprechen müssen, ihn nicht mehr zu treffen. Und sie wollte ihre Mutter fragen, ob Netan diesen Sommer mit aufs Land durfte. Das würde sie bestimmt erlauben.

„Ich finde Bertil viel netter“, sagte Maggan.

Netter als Pelle, meinte sie!

„Jetzt, wenn Pelle wegzieht, wird Bertil dich sicher oft anrufen. Er war ja schon immer in dich verknallt. Dann können wir zu dritt mit seinem niedlichen Dackel spazieren gehen …“

Das sagte Maggan, als wir am Mittwoch die Treppe hinuntergingen. Genau wie ihre Mutter und wie Bertil glaubt sie, dass man einen Menschen nach Belieben gegen einen anderen austauschen kann. Ich wollte sie nicht mehr hören und lief schnell ins Schrankzimmer, wo wir unsere Bücherfächer haben. Aber Maggan kam hinterher. „Magst du ihn denn überhaupt nicht mehr?“, fragte sie, während wir die Schränke aufschlossen.

„Was heißt hier ‚nicht mehr‘?“, sagte ich. „Ich hab ihn noch nie gemocht. Seit der Geschichte mit den Handschuhen finde ich ihn einfach unmöglich …“

Wir hörten, dass sich jemand zwischen den Schrankreihen bewegte. Ich lief schnell wieder aus dem Raum, Maggan ließ sich mehr Zeit. Ich wartete im Schulhof auf sie.

In Storgatan kauften wir uns Schokoküsse, dann begleitete ich Maggan an ihre Haltestelle.

„Sprich bloß nicht mehr von Bertil“, sagte ich, als Maggan wieder anfing. „Es hat keinen Sinn. Und ich will nicht, dass jemand es hört. Sie könnten es Bertil erzählen, und dann bildet er sich alles Mögliche ein.“

„Ich sage kein Wort! Nur zu dir, natürlich.“

„Als wir uns vorhin unterhielten, war aber jemand im Schrankzimmer“, sagte ich. „Vielleicht war das Bertil.“

„Nein, das war er nicht. Das war Pelle. Er kam nach mir

heraus und hatte eine große Tasche mit Büchern dabei. Aber ich glaube nicht, dass er etwas gehört hat. Er hatte es so eilig."

Ich überlegte, was wir gesagt hatten und was er gehört haben konnte. „Warum hast du nichts gesagt?"

Maggan winkte nur ab.

Ich ging langsam zurück. Als ich aufsah, war ich in der Nähe der Schule. Was hatte ich dort verloren? Jetzt stand Pelle mit Sicherheit nicht mehr im Schrankzimmer. Bestimmt war er nach Hause gegangen. Zögernd begann ich, auf den Park zuzugehen. Aber als ich in unsere Straße einbiegen wollte, wurde ich unruhig. Es war, als ob ich mich verirrt hätte, als ginge ich gegen mein besseres Wissen in die falsche Richtung. Versuchsweise machte ich kehrt und ging ein paar Schritte in Pelles Richtung. Gleich fühlte ich mich besser.

Ich wollte nicht, dass Pelle in Hälsingborg glauben sollte, ich hätte ihn nie gern gehabt. Dass ich ihn gemeint hatte, als ich sagte, ich wollte Bertil nach der Sache mit den Handschuhen nie mehr sehen. Ich wollte nicht, dass das Schicksal und der Zufall und Maggan und Bertil mir in die Quere kamen. Das Schicksal sollte sich gefälligst zusammennehmen und der Zufall ebenfalls. Maggan durfte mir nicht alles vermasseln, und Bertil hatte überhaupt nichts zu melden.

Aber was sollte ich Pelle sagen?

Ich drehte um und machte ein paar Schritte in Richtung nach Hause. Gleich kam die Unruhe wieder. Also wirbelte ich herum und begann in Pelles Richtung zu rennen. Ich könnte es gerade noch schaffen, vor dem Essen zu Pelle und wieder zurück zu laufen. Dann hatte ich allerdings keine Zeit zu verlieren. Im Nu lag der Park hinter mir, die Straßen wichen blitzschnell zurück. Ich wusste nicht, warum ich mich so sehr beeilte. Ich dachte an Pelle und den Holzdegen, an Pelle und die Agaton-Sax-Bücher, an Pelle, der sagte: „Du darfst am Wasser gehen", an Pelle und die Braut der Mumie, Pelle und die Filmvorführung, Pelle in der U-Bahn, als wir mit dem Monopoly-Spiel zu Maggan fuhren ... Zum Schluss konnte ich überhaupt nicht mehr denken. Jetzt war es nicht mehr weit. Als ich an der Bushaltestelle vorbeilief, kam gerade ein Bus. Ich stieg rasch ein, um bis zur nächsten Haltestelle zu fahren. Einen Häuserblock weiter vorne blieb der Bus in einer Autoschlange stecken. Ein großer Möbelwagen kam uns entgegen. Er kam nur langsam vorwärts, weil die Autos ihm keinen Platz machten. Ein Möbelwagen? Ich sah ins Führerhaus hinauf. Pelle saß darin! Er blickte geradeaus, ohne mich zu sehen, völlig ahnungslos. Beide Fensterscheiben waren zwischen uns, und jetzt setzte sich mein Bus in Bewegung.

Pelle!

Der Möbelwagen bewegte sich auch weiter. Da wandte Pelle den Kopf. Wir sahen uns so lange an, wie es braucht, bis zwei Fenster aneinander vorbeigefahren sind. Jedes in eine andere Richtung. Ich blieb sitzen und fuhr weiter bis zur Endhaltestelle.

Wie lange kann ein Gedanke wohl dauern? Manchmal dauert er eine ganze Viertelstunde, bis man ihn fertig gedacht hat.

Ich ging durch die Stadt zurück und kam auf der Eisenbahnbrücke wieder zu mir.

Pelle ist weggefahren, dachte ich. (Dieser Gedanke brauchte mindestens eine Viertelstunde.)

Er kommt nicht wieder zurück. (Dieser Gedanke brauchte nur eine kurze Sekunde.)

Ich kann nicht wieder warten, wie damals im Sommer. Dann werde ich verrückt. Man kann nicht eine Ewigkeit still stehen bleiben und nur von der Erwartung leben. Irgendwann geht man dabei kaputt. (Das dauerte ziemlich lange.)

Ich kann nicht warten. Doch, wenn ich wüsste, dass es einen Sinn hätte. Aber was ist, wenn ich mein Leben lang warte, ohne zu wissen, dass Pelle inzwischen sieben Kinder hat und in Australien lebt? (Als ich das dachte, schlug es acht.)

Was hat das Leben noch für einen Sinn, wenn es doch nicht so wird, wie man es haben will?

Von jetzt an ist alles unmöglich. Es ist unmöglich, zu warten, und unmöglich, zu leben. Ich will nicht mehr leben.

Unten im Bahnhof schlug es halb neun.

Dort unten waren die Züge die ganze Zeit angekommen und abgefahren. Sie quietschten und seufzten genau wie immer. Manchmal rasten sie unter meinen Füßen los und verschwanden nach Ånge oder Luleå. Ich wusste, welche Gleise wohin führten. Manchmal kamen sie ächzend angestampft und stießen wie verärgert ihre Wagen hin und her. Ich sah sie an, ohne daran zu denken. Doch jetzt begann ich, mir zu überlegen, was man eigentlich macht, wenn man nicht mehr leben will. Konnte man zu diesem Zweck Züge benutzen?

Ich hörte einen entsetzlichen Schrei. Ganz in meiner Nähe, unter mir, ein Schrei voller Verzweiflung. Eine Lok stürzte heran.

Als ich mich umdrehte, merkte ich, dass jemand vor mir stand und mich ansah. Papa!

„Ich will nicht mehr leben!“

Wir starrten uns an, als hätten wir uns noch nie gesehen. Ich wusste nicht, ob ich oder Papa das gesagt hatte.

Der Bahnhof breitete sich in schwarzem Wirrwarr unter uns aus. Der Zug, der soeben geschrien hatte, lag jetzt in den letzten Zuckungen. Papa sagte etwas, das ich nicht verstand. Ich glaube, er fragte, was ich eigentlich wolle.

„Ich will gar nichts“, sagte ich. „Ich werde nie mehr etwas wollen. Wozu? Alles ist unmöglich.“

Papa sah mich an. „Alles ist sinnlos“, sagte er.

Plötzlich streckte er die Hand aus und packte mich am Arm. Er führte mich die Treppe zum Bahngelände hinunter, zum Personaleingang, wo ich ihn früher, als ich klein war, immer abgeholt hatte. Das war schon so lange her, dass ich den Weg dorthin kaum noch wusste. Wir gingen hinein und dann wieder auf den Bahnsteig. Dort blieb Papa stehen. Wir standen vor einem Zug, der nach Norden fahren würde. Wahrscheinlich war das Papas Zug.

Dann machte Papa wieder kehrt. „Bleib hier stehen“, murmelte er.

Ich blieb stehen und wartete. Die Lok sah fürchterlich aus. So hoch wie das Bahnsteigdach, mit schweren, blankgewetzten Rädern, die in wahnsinnigem Tempo, unaufhaltsam, vorangetrieben werden würden. Ich weiß, dass so ein Zug wenigstens sechshundert Meter zum Anhalten braucht, wenn der Lokführer ein Hindernis auf den Schienen sieht, den Strom unterbricht und bremst. Kein Zug könnte rechtzeitig anhalten, wenn man sich vor ihm auf die Schienen werfen würde. Entweder man wäre gleich tot, oder die Lok würde einen mit dem roten Schneepflug, der vorne dran ist, beiseite schieben und verstümmelt liegen lassen.

Niemals, dachte ich. Nie im Leben würde ich tun, was Anna Karenina getan hatte. Ich möchte mir nicht einmal den kleinen Finger brechen!

Die Lok schien mich zu belauern, bedrohlich und lebensgefährlich, obwohl sie still stand. Ich wollte mich wegschleichen, da spürte ich Papas Hand um meinen Arm. Er zog mich näher an die Lok heran. „Komm mit“, sagte er nur.

Wir gingen zum Lokeinstieg. Papa machte mir auf und sagte, ich solle hinaufklettern.

„Soll ich mitfahren?“, fragte ich.

Papa antwortete nicht. Er machte einfach die Tür hinter uns zu und sah auf die Gleise hinaus. Weit hinten glommen Signallampen. Ein Bahnbeamter gab Papa Zeichen. Papa zog den Kopf herein und legte seinen Fahrplan und die Sicherheitsbestimmungen vor sich hin. Er schaltete den Strom ein und legte den großen Hebel um. Langsam, langsam begann die Lok, sich zu bewegen. Der Boden erzitterte. Ich begriff gar nichts mehr. Was hatte er vor? Wollte er mich entführen oder retten? Wollte er für immer mit mir von zu Hause verschwinden?

Die Lok schwankte auf die glänzenden Schienen hinaus, die sich wie Schlangen zum Horizont wanden und sich immer wieder kreuzten. Die Weichen waren schon vom Stellwerk richtig eingestellt worden. Papa und die Zentrale wussten, welche Reise für uns einprogrammiert war, aber ich hatte keine Ahnung.

„Wohin fahren wir?“

„Du darfst keine Dummheiten machen“, sagte Papa plötzlich.

„Was soll ich denn sonst tun?“

„Du musst eben abwarten und sehen, was passiert, genau wie ich!“, sagte Papa.

Der Zug fuhr schneller, das Stampfen wurde härter und übertönte unsere Stimmen. Hohe Mauern mit Zäunen sausten draußen vorbei, wir donnerten unter Brücken hindurch, an rußigen Werkstätten vorbei, von Häusern gesäumte Straßen folgten uns, während wir voraneilten. Bald lagen die Vorstädte hinter uns. Allmählich tauchten draußen Wälder und Wiesen auf und Telegrafenmasten mit schwankenden Drähten.

Papa saß beim Fahren auf einem hohen Drehstuhl. Es war eng in seinem Führerstand. Ich musste entweder ganz nah bei ihm stehen oder neben dem Fenster. Da wollte ich lieber neben ihm stehen. Ich fürchtete mich vor dem Sog, der vom Fenster ausging, und davor, was ich unbemerkt mit dem Türknauf anstellen könnte. Ich fürchtete mich genauso sehr vor der vorbeirasenden Landschaft wie vor der Lok. Wenn ich nicht aufpasste, konnte die Landschaft mich wie ein stachliges Reibeisen zerreiben.

Papa starrte die Schienen und Signale an. Ab und zu tauchte eine kleine, viereckige Kiste mit Minisignalen am Gleisrand auf. In der Kiste waren vier Lampen. Wenn die Lämpchen an der rechten Seite leuchteten, hieß das, dass die Strecke weiter vorne bei der Weiche frei war.

Für einen verzweifelten Lokführer, dem das Schicksal der anderen gleichgültig war, wäre es sehr einfach, sich selbst und eine Menge anderer Menschen ins Verderben zu fahren.

„Bist du denn auch traurig?“, fragte ich Papa.

Aber das konnte er in dem Gerattere nicht hören. Meine Worte wurden von dem Quietsch-Dampf-Dröhn der Lokomotive zerquetscht.

Weit vor uns leuchtete ein weißes Dreieck auf einer Stange. Ein Bahnübergang kam auf uns zu. Papa zeigte auf eine

Leine an der Decke und schrie: „Zieh dran, damit es tutet! Er ist unbewacht!"

Ich zog daran. Der Zug schrie über uns auf. Am Bahnübergang war niemand zu sehen. Wie gut, dass Papa noch an seine Aufgaben dachte. Ich hatte mir eingeredet, dass er sich genauso fühlte wie ich. Dass nichts mehr eine Rolle spielte.

Am Bahndamm sah ich ein kleines Holzschild, auf dem 3/00 stand. Das bezog sich auf die Steigung, die jetzt kam. Der Zug wurde langsamer. Dann kam ein Signal, das Papa zum Anhalten zwang. Wir hielten neben einem Hang mit blühenden Gräsern.

Papa kletterte hinunter und blieb auf dem Bahndamm stehen. Er pfiff vor sich hin.

„Woran denkst du?"

Er antwortete nicht, stand nur da und sah schwarz aus im Gras. Als der Zug wieder weiterfahren durfte, kam er zurück, ohne ein Wort, als wäre ich gar nicht da. Das nächste Mal hielten wir vor einer Brücke. Als das Stampfen aufhörte, wurde es so still, dass einem der Kopf hallte.

„Mama macht sich nichts aus mir", sagte Papa plötzlich. Es klang, als würde er mit der Lok reden. „Sie ist viel mehr mit anderen zusammen als mit mir. Sie kümmert sich um andere mehr als um mich. Sie hört nicht einmal zu, wenn ich was sage."

„Was für andere?"

„Die Leute in Mamas verrückten Weltverbesserungsvereinen und Oma und Felix und alle, denen sie die Post bringt. Ich sage ihr immer wieder: ‚Wozu brauchst du alle diese Idioten? Profitierst du denn davon, wenn du die triffst? Die gehen dich doch gar nichts an!' Dann sagt sie: ‚Man braucht doch nicht von allen zu profitieren, oder? Die Menschen sind doch nicht dazu da, dass man von ihnen profitiert!‘ Sie kann sich doch an ihre Familie halten! Sie hat ja uns! Wenn man einen Menschen gern hat, dann braucht man doch nicht mit einer Menge anderer Leute zusammen zu sein! Jedes Mal, wenn ich heimkomme, muss ich hören, dass sie mit dem und dem ausgewesen ist, der das und das sagt. Die setzen ihr nur eine Menge Flausen in den Kopf. Sie ist so gutgläubig. Sie bildet sich ein, die Leute wären freundlich und nett, nur weil sie lächeln und freundliche Sachen sagen.“

Ich verstand, was er meinte, aber meiner Ansicht nach stimmte es nicht. „Aber manche sind doch wirklich freundlich und nett“, versuchte ich.

„Ach was! Es gibt kaum anständige Menschen. Fast alle sind komisch und widerlich. Aber das versteht ihr nicht! Wenn Mama einkaufen geht, lässt sie die Tür offen, als ob es überhaupt keine Gauner gäbe – und dabei lauert hinter jedem Busch ein Fixer und wartet nur darauf, Fernsehapparate klauen zu können. Und euch verwöhnt sie, dass es nicht mehr feierlich ist. Lässt euch abends aufbleiben und mit Jungs ausgehen, wie es euch gerade passt. Wenn man sich vorstellt, was euch alles zustoßen könnte, ohne dass sie sich darum kümmert, muss man ja vor Angst verrückt werden!“

„Natürlich kümmert sie sich um uns!“, protestierte ich. „Und die Tür lässt sie auch nicht mehr offen. Übrigens wäre das auch kein Weltuntergang, wenn jemand den Fernseher klauen würde. Es ist ja keine Kunst, einen neuen zu besorgen.“

„Jetzt redest du genauso daher wie Mama! Man bekommt nichts geschenkt! Mir gibt kein Mensch etwas! Man muss sich alles verdienen. Weißt du eigentlich, was ein neuer Fernsehapparat kostet? Zuerst muss man das Doppelte verdienen, denn vorher werden ja noch die Steuern abgezogen …“

„Ja, ich weiß. Das hast du alles schon mal gesagt. Das sagst du ständig.“ Ich wollte viel lieber über Menschen reden. Über Pelle zum Beispiel. Was sollte ich ohne ihn anfangen?

„Ich muss es doch immer wieder sagen, wenn mir niemand zuhört. Habe ich etwa nicht Recht?“

„Mama hält auf jeden Fall zu uns. Du siehst es nur nicht. Du bist ja nie da.“

„Kann ich vielleicht etwas dafür? Ich muss doch das Geld für diese verdammten Fernsehapparate zusammenverdienen!“

„Die noch gar nicht geklaut worden sind!“

Papa biss die Zähne zusammen, als würde er gleich anfangen zu weinen.

„Ihr seid alle gegen mich! Ihr alle miteinander! Glaubst du etwa, ich bin begeistert davon, Tag und Nacht in diesem Loch zu stehen und hin und her zu fahren und nie mit meiner Familie zusammen sein zu dürfen?! Ich komme immer nur zu Besuch, wie ein Gast! Und ihr, ihr dürft daheim sein, und trotzdem wollt ihr nur davonlaufen …“

Allmählich begriff ich, wie Papa sich in dieser ollen Lok fühlte. Eingesperrt und weit weg von allen, die er gern hatte. Niemand, mit dem er sprechen konnte, und das jahraus, jahrein. Und dabei hatte er sich so darauf gefreut, Lokführer zu werden, als er jung war! Als er wieder losfuhr, stellte ich mich so nah wie möglich neben ihn und versuchte, ihn zu umarmen, ohne dabei an seinen Arm zu stoßen und die Lok aus der Bahn zu bringen.

„Lass das“, sagte Papa. „Ich muss diesen Knauf hier festhalten. Wenn ich das nicht tue, wird der Strom unterbrochen, und dann bleibt der Zug stehen. Das nennt man ‚dead man's grip‘. Wenn der Führer hier in seiner Einsamkeit ohnmächtig wird und den Griff loslässt, bleibt der Zug von selbst stehen. Ich darf die Hand nicht einen Augenblick wegnehmen ...“

„Nicht einmal, wenn du eine Elf-Stunden-Schicht fährst?“, rief ich.

Papa schüttelte den Kopf. „Der Griff ist so hart, dass ich davon Sehnenknoten in der Hand bekomme. Manchmal fühle ich mich von Kopf bis Fuß wie ein einziger ‚dead man's grip‘. Ich belaste euch doch nur und halte euch völlig sinnlos fest“, schrie Papa. „Ihr braucht mich doch gar nicht!“

Er tat mir so leid. Jetzt verstand ich: Er befürchtete, dass er ersetzbar sein könnte. Genau wie ich befürchtete, dass ich für Pelle ersetzbar sein könnte. Das Einzige, was ich sicher wusste, war, dass Pelle für mich nicht ersetzbar war.

Ich schrie so laut ich konnte zurück: „Man kann niemanden ersetzen! Du bist unersetzbar und Mama auch und Pelle auch!“

Er fuhr und fuhr, ohne zu antworten. Ich wusste nicht, ob er mich gehört hatte. Ich glaubte zu hören, wie er sagte: „Das Leben ist beschissen!“

Wie konnte er denn dann überhaupt leben?

„Wieso willst du denn dann noch leben?“

„Weil ich nicht will, dass nur die anderen leben dürfen!“, schrie Papa. „Die werden mich nicht daran hindern! Das würde denen so passen, wenn ich aufgeben würde!“

„Welche die?“, fragte ich.

„Alle Menschen", schrie Papa. „Alle wollen einen am Leben hindern. Alle denken nur an sich!"

Schon wieder hatte er nicht Recht.

„Stimmt nicht", schrie ich. „Mama will dich nicht am Leben hindern! Und ich will Solveig nicht daran hindern. Und Maggan auch nicht." (Nur möglicherweise Pelle, hörte ich eine innere Stimme sagen.)

Wir brüllten uns an, bis ich fast glaubte, dass wir uns stritten, anstatt uns gegenseitig wichtige Sachen anzuvertrauen.

Nachdem wir unsere Stimmen ein wenig ausgeruht hatten, schrie ich: „Du kannst doch immer mit Mama zusammen sein! Aber ich kann Pelle nie mehr sehen! Er ist nach Hälsingborg gezogen!"

Papa sah kurz zu mir hinüber. Mir war ganz so, als ob er sagte: „Na, ein Glück! Diesen Bengel habe ich nie ausstehen können!"

Wer dachte hier eigentlich nur an sich? Und ich hatte mir eingebildet, dass wir uns gegenseitig trösten wollten! Ich trat einen Schritt zurück, um ihn anbrüllen zu können, ohne dass er es hörte.

„Bist du wahnsinnig?!", brüllte ich. „Es kommt doch gar nicht darauf an, was du findest! Es ist schließlich nicht dein Pelle! Du hast überhaupt kein Recht, irgendwas über meine Freunde zu denken!"

Papa war ja genau wie die Jungs in der Klasse! Genau wie die bildete er sich ein, er könne über mich bestimmen. Ich wurde so wütend, dass ich am liebsten aus dem Zug gesprungen wäre, nur um ihm eins auszuwischen. Aber ich tat es nicht. Aus purer Freundlichkeit. Mir selbst gegenüber. Ich lasse mich von niemandem dazu bringen, dass ich mir was antue, dachte ich. Von Papa nicht und auch von den Hohlköpfen in der Schule nicht. Nicht einmal von Pelle!

„Was sagst du?“, brüllte Papa und drehte sich nach mir um.

Da trat ich wieder nahe zu ihm und schrie: „Du darfst nicht über mein Leben bestimmen! Und über Mamas Leben auch nicht! Jeder bestimmt über sein eigenes Leben! Du darfst nur über deines bestimmen!“

Papa stand fast vom Stuhl auf. Ich glaubte schon, dass er von den Schienen in den Acker hinausfahren würde. Er wurde ganz rot im Gesicht.

„Ich bestimme doch gar nicht über mein Leben!“, schrie er. „Ich kann ja über gar nichts bestimmen! Ich bestimme nicht, wann ich fahren soll, und auch nicht, wann ich nach Hause kommen darf! Ich kann nicht einmal zu Hause sein und euch helfen, wenn etwas passieren sollte!“

„Was sollte denn passieren?“

„Das Haus könnte ja abbrennen. Und jederzeit kann irgendein hergelaufener Kerl kommen und mit Mama abhauen. Oder mit dir. Und ihr würdet natürlich mitgehen. Ohne dass ich eine Ahnung davon hätte.“

Jetzt war er wieder in seinem alten Fahrwasser. Es ist schrecklich anstrengend, wenn alle Probleme von allen Leuten so miteinander verknotet sind!

„Mama weiß schon, was sie will! Und ich auch. Ich mache gar nicht alles mit!“, versuchte ich ihm zu erklären.

„Und ob du alles mitmachst! Und Mama ist noch viel schlimmer! Man könnte verrückt werden, wenn man daran denkt! Ihr braucht nicht bei allem mitzumachen! Bleibt gefälligst daheim bei der Familie! Es gibt andere Leute, die die Welt verbessern können! Und du bist noch nicht einmal fünfzehn!“

Ich machte wieder einen Schritt nach hinten und lehnte mich an die Wand der Kabine, um in Ruhe nachdenken zu können. Ich überlegte, wie viele Jahre es noch dauern würde, bis ich selbst Geld verdiente. Dann könnte niemand mehr über mich bestimmen. Es tat mir ganz gut, mich mit Papa zu streiten. Ich fühlte mich nicht mehr so hilflos.

Eins stand auf jeden Fall fest: Selbstmord kam für mich nicht in Frage, nie im Leben! Aber dafür so schnell wie möglich das Recht, selbst über mich zu bestimmen.

Papa streckte einen Arm nach hinten aus, als ob er mit mir sprechen wollte. Ich trat zu ihm hin. Papa zog mich an sich. Ich stellte mich direkt hinter ihn und sah ihm über die Schulter.

„Es ist ein schreckliches Gefühl, wenn man nie bei den Menschen sein darf, die man lieb hat, und nie weiß, was passieren wird“, hörte ich ihn sagen.

Ich schlang die Arme um ihn und lehnte mich an ihn, damit er spürte, dass ich da war und genau dasselbe dachte. Wir rasten weiter geradeaus über die Schienen. Die Landschaft wich mit neunzig Stundenkilometern zur Seite.

Lebenswichtig

Ich kam erst um zwölf Uhr nachts nach Hause. Stenbom, mit dem ich zurückfuhr, war nicht zu Gesprächen aufgelegt, und als ich aus dem Bahnhof kam, waren alle Straßen dunkel und leer.

Unterwegs hatte ich eine Zeitung gelesen. Wie immer standen entsetzliche Sachen darin. Von den Folterungen in Chile, von Leuten, die bei Verkehrsunfällen zu Tode gequetscht worden waren, von Rauschgiftbossen, die Schulkinder heroinsüchtig machten. Seite für Seite. Wenn man selbst traurig ist, ist es, als ob alles Schreckliche und Abscheuliche direkt in einen eindringen und sich drinnen festhaken würde. Man begreift, dass es die ganze Zeit da gewesen ist, obwohl man sich geweigert hat, es zu glauben. Man kapiert endlich, dass all das Schreckliche wahr ist. Und dass man nichts dagegen tun kann. Das Schwarze kroch von allen Seiten auf mich zu und kreiste mich ein. Gleich würde ich in all dem Elend ertrinken.

Ich hatte wieder angefangen, an Pelle zu denken. Würde ich ihn jemals wiedersehen? Es hätte keinen Sinn, wenn er mich nicht auch treffen wollte. Wenn nicht alle beide es wollen, hat gar nichts einen Sinn.

Als ich vor dem Zu-Bett-Gehen im Badezimmer stand, war ich wieder am selben Punkt angelangt wie vorhin auf der Eisenbahnbrücke.

„Wie soll ich es nur aushalten weiterzuleben?“, dachte ich.

Im Badezimmerschrank fand ich eine Schachtel mit Tabletten, die wie Schlaftabletten aussahen. Ich sah sie an und überlegte, wie viele man wohl einnehmen musste, um für immer einzuschlafen. Dabei fiel mir ein Zeitungsbericht über jemanden ein, der sich das Leben nehmen wollte, jedoch gerettet wurde und schwere Schäden von den Tabletten davontrug.

Ich sah mich im Spiegel an. Eine bescheuerte Type mit langen Haaren!

„Nein, so bescheuert bin ich dann doch nicht!“, sagte meine innere Stimme klar und deutlich.

In diesem Augenblick kam Mama ins Badezimmer. Sie war aufgeblieben und hatte auf mich gewartet und war ziemlich wütend auf mich und Papa und auf alles Mögliche.

Sie kann sich nie Sorgen machen, ohne hinterher wütend zu werden. Sie sah mich und die Tabletten an. Ich beeilte mich, etwas anderes aus dem Badezimmerschrank zu holen, eine alberne kleine Puppe aus Plastik mit einem Klumpen unter den Füßen.

„Was treibst du so lange?“, fragte sie. „Das da sind Kalktabletten. Wozu brauchst du die?“

Ich versuchte, eine gute Ausrede zu finden. Doch dann gab ich es auf. „Ich dachte, es wären Schlaftabletten“, sagte ich.

Ich wollte sehen, wie sie darauf reagierte.

Doch da begann einer unserer lebenswichtigen Kräche.

Mama stand zuerst still, als hätte sie mich nicht verstanden.

„Alles ist sinnlos“, sagte ich. „Das Leben hat keinen Sinn. Man kann sowieso nichts ändern …“

„Warum sagst du so etwas?“, fragte Mama. „Natürlich kann man etwas ändern. Das weißt du doch selbst!“

„Man kann die Löcher in den Strümpfen stopfen, wenn du das damit meinst“, sagte ich. „Aber stell dir mal was Trauriges vor! Dann verdoppele es und nimm es mal tausend, dann wirst du schon sehen, was dabei rauskommt! Denk nur an dieses türkische Mädchen, das sich das Leben nahm, weil alle so abscheulich zu ihr waren …“

„Jawohl“, sagte Mama. „Und denk du bitte an damals, als du in der dritten Klasse zu deiner Lehrerin gegangen bist und ihr gesagt hast, Miro könne neben dir sitzen, als sonst keiner ihn haben wollte. War das etwa keine gute Sache? Und schwierig war es auch nicht.“

„Ja, das! Das war doch ein ganz spontaner Einfall. Nachher konnten ihn viele gut leiden. Hasse und er wurden Freunde ...“

„Ja. Aber wenn du das nicht getan hättest, was dann? Es hat geklappt, weil du gewagt hast, etwas anderes als die anderen zu tun. Wenn du das nicht getan hättest, hätte vielleicht auch keiner der anderen es gewagt. Und du bist nicht die Einzige, die etwas tut ... Es wimmelt von Leuten, die versuchen, zu helfen, und ihren Verstand und ihre Gefühle voll und ganz dafür einsetzen", sagte Mama.

„Was bedeutet das schon im Vergleich mit all den Wahnsinnigen, die es auf der Welt gibt?", sagte ich. „Die Wahnsinnigen sind ja viel wahnsinniger, als die Guten gut sind."

„Die Wahnsinnigen glauben vielleicht, dass sie das Richtige tun. Man muss sie eben aufklären. Es ist gefährlich, ausschließlich auf den Wahnsinn der anderen zu starren, weil man dann irgendwann alles schwarz sieht. Man muss auch an das Schöne und Gute und Vernünftige im Leben glauben, sonst könnte das ja nie entstehen!"

„Du sprichst nur von Glauben und Einbildung!", sagte ich. „Und dabei geht die ganze Welt zum Teufel! Lies doch mal die Zeitungen! Und mein Geschichtsbuch! Denk doch nur an all die schrecklichen Krankheiten ..."

„Das brauche ich nicht. Das meiste weiß ich schon", sagte Mama. „Aber du irrst dich, wenn du behauptest, die Welt ginge zum Teufel. Sie macht doch Fortschritte. Denk nur an die Tuberkulose, zum Beispiel. Noch zu Anfang unseres Jahrhunderts war ganz Schweden voller Schwindsüchtiger und Sanatorien. Jetzt haben sie beinahe alle diese Krankenhäuser in etwas anderes umwandeln müssen, weil es kaum noch Tb-Kranke gibt. So viel besser ist es geworden! Und warum? Weil es nämlich auch früher Leute gab, die daran glaubten, dass man etwas ändern könnte. Zuerst glaubten sie es nur, dann versuchten sie es, und dann ging es! Und das ist ja nur ein Beispiel. Vor langer Zeit konnte es einem passieren, dass einem die Hand abgehackt wurde, wenn man einen Laib Brot geklaut hatte, weil man am Verhungern war! So sah die Gerechtigkeit in Schweden früher aus! Da kannst du doch nicht sagen, dass nichts besser geworden sei! Du klingst ja fast wie Papa ..."

„Wieso? Was sagt Papa?"

„Er sagt, dass ich nicht gegen die Kernkraft demonstrieren soll, weil dann der Geheimdienst kommen und mich mitnehmen könnte. Ich kann ja doch nichts ändern, sagt er."

Mir dämmerte allmählich, dass sie, direkt bevor ich Papa getroffen hatte, einen ihrer lebenswichtigen Kräche gehabt hatten. „Papa hat Recht", sagte ich. „Es wird nie so werden, wie man es haben will."

„Was kann nie so werden?"

„Ich kann Pelle nicht zurückbekommen. Er ist weggezogen", sagte ich. „Nach Hälsingborg. Er wird nie mehr hierher ziehen." Bei diesen Worten begann ich zu weinen. Mama nahm mich in die Arme. Ihre Stimme klang jetzt ganz anders.

„Ich weiß. Mein geliebter kleiner Schatz! Aber wenn du dir das Leben nimmst, kannst du ihn ja noch weniger zurückbekommen. Dann kannst du nie mehr etwas zurückbekommen. Du hast doch wohl nicht im Ernst vorgehabt, Schlaftabletten zu nehmen?"

„Nein", gab ich widerstrebend zu. (Ich wollte nämlich weiter getröstet werden.) „Aber er liebt mich nicht! Er hat nicht geschrieben. Er ist einfach abgefahren ..."

Mir fiel ein, dass er ja erst heute Nachmittag mit dem Möbelwagen weggefahren war, ein Brief hätte also noch gar nicht ankommen können.

„Angerufen hat er auch nicht", sagte ich.

„Aber an dem Tag, als du und ich im Park schaukelten, hat er angerufen. Während du bei Maggan warst. Habe ich dir das damals nicht ausgerichtet?“

In meinem Kopf stand alles still. Er hatte angerufen. Damals. Nachdem ich an ihm vorbeigegangen war. Bevor er gehört hatte, was ich im Schrankzimmer sagte.

„Nein, das hast du nicht …“

„Wie schrecklich. Kannst du mir noch einmal verzeihen? Wie konnte ich das nur vergessen? War es sehr wichtig?“

„Ja. Lebenswichtig. Aber das macht nichts. Er wollte ja sowieso umziehen“, sagte ich. „Hast du im Leben immer alles bekommen, was du haben wolltest, Mama?“

Sie sah mich erstaunt an. „Du liebe Zeit, nein, zum Glück! Wenn alles so würde, wie man es sich vorstellt, wäre das Leben überhaupt nicht mehr spannend. Dann könnte man ja ebenso gut ein Computer sein.“

„Ich meine, hat es immer geklappt, wenn es wirklich lebensnotwendig war?“

„Ja. Ein paar Mal hat es geklappt“, sagte Mama. „Ich habe Papa bekommen. Und euch, alle Kinder, die ich haben wollte. Und ihr seid gesund und tüchtig und viel lieber und wundervoller, als ich es mir je vorstellen konnte. Mein Leben gefällt mir.“

„Aber so ist es nicht für alle“, wandte ich ein.

„Das weiß ich! Aber muss ich denn aufhören, mich zu freuen, weil andere es schwer haben? Damit wäre auch niemandem geholfen. Anderen geht es nicht besser, wenn ich traurig bin. Im Gegenteil. Ich habe das Recht, glücklich zu sein, weil ich meine Freude dann dafür einsetzen kann, dass es anderen auch gut geht. Und ich bin sicher, dass ich auch mutig und stark sein kann, wenn es darauf ankommt. Wenn ich nur daran glaube, dass es einen Sinn hat. Und nicht faul bin. Aber vor allem: Wenn ich nur nicht aufgebe oder mir vielleicht sogar das Leben nehme! Dann entsteht ja noch ein weiteres Unglück! Begreifst du, dass du dir ganz einfach nicht das Leben nehmen darfst! Um deinetwillen. Und um Pelles willen. Um aller Menschen willen. Oder findest du es richtig, einen solchen Schritt zu tun, nur weil ich vergessen habe, dir zu sagen, dass Pelle angerufen hat?"

Mitten im Weinen musste ich lachen. „Nein", sagte ich. „Das finde ich nicht. Ich war nur so schrecklich unglücklich!"

„Ich weiß. Man kann vor Unglück fast den Verstand verlieren. Aber man muss versuchen, sich dabei zu bremsen."

„Versprichst du mir, dass Pelle mich am allermeisten mag von allen und dass wir uns wiedersehen werden?"

Mama lockerte ihren Griff um meine Schultern und schob mich ein Stück von sich weg. Sie sah mich liebevoll an und machte dabei ein ganz komisches Gesicht. Und dann sagte sie: „Ich kann dir nichts versprechen. Ich wüsste nichts, was ich lieber täte! Aber es gibt eben Menschen, die aufhören, einen gern zu haben. Manchmal ist das nicht einmal so schlimm. Vielleicht ist das mit Pelle passiert. Aber dafür gibt es andere, die dich gern haben – das ganze Leben ist voll davon. Auch wenn du dir selbst und Pelle nicht traust. Könntest du nicht lieber darauf bauen? Auf das Leben als Ganzes …"

„Doch", sagte ich. „Das habe ich eigentlich vor. Trotz allem. Aber ich brauche ein Zeichen. Dass es etwas gibt, auf das man warten kann. Ich möchte sehen, wie es ist, sich richtig gern zu haben. Ich möchte es anfassen können. Damit du nicht nur sagst, das Leben sei schön, um mich zu trösten ..."

Mama hatte mittlerweile auch angefangen zu weinen. „Was für ein Zeichen soll das denn sein?“, schniefte sie.

Ich überlegte. „Ich will wissen, ob du Papa wirklich gern hast. Damit er nicht in seine olle Lok eingesperrt ist und gar nichts hat, auf das er sich freuen kann. Es darf einfach nicht so sein, dass er dich völlig umsonst so schrecklich gern hat. Hast du ihn gern?“

„Ja, natürlich!“, sagte Mama und begann wieder zu lachen. „Ich habe ihn ganz unglaublich gern! Ich liebe ihn!“

Da war ich beruhigt.

„Papa und du, ihr seid euch ganz schön ähnlich“, behauptete Mama. „Ihr weigert euch zu glauben. Ihr glaubt nicht an euer Glück. Darüber streiten Papa und ich uns am meisten. Er will nicht glauben, dass ich ihn gern habe ...“

„Aber ich will es glauben“, sagte ich. „Natürlich will ich glauben, dass Pelle mich mag. Und vorhin hast du was Falsches gesagt. Du hast gesagt, ich könne mir selbst nicht trauen, ob ich Pelle mag. Das kann ich nämlich, und wie!“

„Dann ist ja gut. Dann kannst du auch anderen Menschen trauen.“

„Also, von mir aus“, sagte ich.

Jetzt brauchte ich unbedingt etwas zu essen. Wir gingen in die Küche und machten uns riesige Knäckebrote mit kalten Kartoffeln und rohen Zwiebeln drauf. Damit wir bis zum nächsten Tag überleben würden. Niemand störte uns. Und wir lasen uns endlos lang Gedichte vor.

In der Schule vergingen die letzten Tage vor den Ferien irgendwie. Ich war jeden Tag gleich traurig, konnte es aber nicht zeigen. Ich redete drauflos und sagte alles Mögliche und Unmögliche, nur damit niemand merken sollte, dass mir alles gleichgültig war. Aber ich musste jeden Tag ein Weilchen weinen. Wenn jemand in der Nähe war, konnte ich mich beherrschen, aber auch nicht beliebig lange. Schließlich entdeckte ich eine Telefonzelle in der Nähe der Schule, in die ich während der Mittagspause gehen konnte, um dort ungestört zu weinen. Anfangs blieb ich während der ganzen Mittagspause dort, doch dann wurde es immer kürzer.

Bald habe ich diese Heulerei hinter mir, dachte ich manchmal.

Beim Hinausgehen gab ich der Telefonzelle ab und zu einen dankbaren Klaps, weil sie so freundlich war und mir immer zur Verfügung stand.

Währenddessen ging alles weiter: Ich schrieb Klassentests, antwortete, wenn jemand mich ansprach, ging mit Solveig ins Kino, zeichnete Tirza. Aber dennoch war alles wie verhext. Alle Leute sagten falsche Sachen:

„Wenn du jetzt nicht still bist, geht deine Mama fort!“, sagte eine Mutter auf der Straße zu ihrem kleinen Kind, das wie am Spieß brüllte.

„Du kapierst ja doch nie etwas!“, sagte Hasse zu Ville, der nie etwas kapiert.

Und die Lehrer drohten uns in jeder Stunde mit den Abschlusszeugnissen. (Pelle hatte es gut. Er war einfach von all dem weggezogen!) Im Mathetest gab ich mir die größte Mühe – zweimal ging ich in den Flur hinaus und machte dort einen Handstand gegen die Wand, damit mein Kopf durchblutet würde und ich besser denken könnte. Aber das half nichts. Als ich den Test zurückbekam, hatte er die schlechteste Note, die es überhaupt gibt. An diesem Tag dachte ich die ganze Zeit daran, dass ich nicht mal Pelles Adresse wusste und dass er bestimmt nie etwas von sich hören lassen würde, nachdem er meine Bemerkungen im Schrankzimmer gehört hatte. Ich malte Zahlen mit Nasen und dachte daran, wie es war, als Pelle und ich zusammen büffelten. Ich war beinahe froh, dass ich eine Sechs in Mathe bekam. Ich habe angefangen, mich an den Gedanken zu gewöhnen, dass ich nur noch lebe, um das Schicksal zu ärgern. Jetzt streckte ich dem Schicksal die Zunge raus und sagte zu ihm: „Glaubst du etwa, eine Sechs in Mathe wirft mich um? Das ist doch gar nichts im Vergleich mit dem Schlamassel, den du im Schrankzimmer angerichtet hast! Hast du etwa keine Fantasie mehr?!"

Da entdeckte ich, dass Hasse in seiner Bank saß und mir die Zunge rausstreckte.

„Was ist denn mit dir los? Bin ich etwa dein Halsarzt?"

„Bin ich etwa deiner?", gab Hasse zurück.

Ich hatte tatsächlich die Zunge rausgestreckt, ohne es zu merken. Als mir das aufging, musste ich lachen. „Ich habe gar nicht an dich gedacht, als ich die Zunge rausstreckte, sondern an jemand ganz anderen!"

Da streckte mir Hasse noch einmal die Zunge raus.

Maggan hatte auch eine Sechs, aber diesmal brauchte ich sie nicht zu trösten, in letzter Zeit hält sie sich nämlich mehr an Netan. Maggans Mutter hat erlaubt, dass Netan in den Sommerferien zu ihnen aufs Land kommen darf. Maggan versucht mich deshalb zu trösten, obwohl das gar nicht nötig ist. Ich bin nämlich überhaupt nicht traurig. Und Evald gefällt mir immer noch nicht.

„Das wird garantiert toll“, sagte ich zu Maggan und Netan.

„Aber Evald wird sicher sauer sein“, meinte Maggan.

Sie gibt nicht auf. Wenn ich daran denke, wie idiotisch alles ist, muss ich gleich wieder in die Telefonzelle gehen. Dort drinnen fühle ich mich richtig wohl. Man kann dem Fenster den Rücken zudrehen und die Wand anstarren. Der Hörer ist kaputt, aber das stört mich nicht. Ich will ja doch niemanden anrufen. Manchmal nehme ich ihn aber trotzdem ab und sage: „Du dummer, idiotischer Pelle! Bescheuerter, dussliger, dämlicher Pelle! Oh Pelle!“

Diesmal ging ich hinein und blätterte eine Weile im Telefonbuch. Ich blättere immer bei M, obwohl es sinnlos ist. Dabei fürchte ich mich immer davor, die Seite aufzuschlagen, wo Gusten Marosi steht. Dann muss ich nämlich daran denken, dass es die falsche Adresse ist, und das ist dann ein Gefühl, als würde ich mich innerlich schneiden.

Jedes Mal ist es das gleiche Gefühl. Obwohl ich es inzwischen genau kenne, tue ich es immer wieder. Jetzt musste ich es wieder versuchen. Als die verflixte Seite auftauchte und ich Pelles verflixte Adresse und verflixte Telefonnummer sah, tat es so weh, dass ich aufstöhnen musste. Das ist ein grässliches Spiel, ungefähr so wie das Spiel, das Solveigs Johan so gern macht: Er breitet die Hand auf einem Tisch aus und hackt mit einem Messer in die Zwischenräume zwischen den Fingern, vom Daumen bis zum kleinen Finger und wieder zurück, immer schneller. Wenn er Glück hat, sticht er sich nicht, sondern zerhackt nur die Tischplatte.

Als ich aus der Telefonzelle herauskam, gingen Netan und Hasse ein Stück mit mir. Sie fragten, was ich in den Sommerferien vorhätte.

„Entweder fahre ich mit meiner Freundin Solveig mit dem Tramperticket durch die Gegend, oder ich nehme ’nen Job als Kartenverkäuferin beim Zirkus an und fahre mit Tirza auf Tournee“, erklärte ich.

Bevor ich das sagte, hatte ich keine Ahnung davon gehabt, dass ich das vorhatte. Aber jetzt merkte ich, dass das ja die beste Idee der Welt hoch zwei war! Vielleicht konnte ich vorher noch kurz als Vertretung bei der Post jobben und so viel verdienen, dass es für so ein internationales Zugticket reichte, das für einen ganzen Monat gilt.

Wir trennten uns am Marktplatz.

Als ich wieder eine Telefonzelle entdeckte, ging ich hinein und rief Oma an. „Tag, Oma. Was machst du?“, fragte ich.

„Ach, du bist das, Sylvia!“, sagte Oma. „Jaa, was tu ich eigentlich? Ich genieße mein Leben. Und außerdem decke ich gerade den Tisch. Und du, was machst du?“

„Ich steh auf dem Marktplatz und telefoniere mit dir. Kann ich vorbeikommen und dich besuchen?“

Oma schien zu überlegen. Das machte sie sonst nie. Sonst will sie uns immer so oft wie möglich sehen.

„Ich weiß nicht so recht ... Heute Abend haben wir Sitzung. Und da passt es nicht so gut. Die anderen könnten sich gestört fühlen, weil sie dich nicht kennen. Und wenn jemand dabei ist, der nicht richtig daran glaubt, kann das Medium sich schlecht konzentrieren. Dann klappt alles nicht so gut.“

Oma hat einmal im Monat spiritistische Sitzungen in ihrer Wohnung. Dann unterhält sie sich mit ihren Verstorbenen. Bei diesen Gelegenheiten kommen ein paar Leute zu ihr nach Hause und setzen sich rund um einen Tisch, auf dem in der Mitte eine angezündete Kerze steht. Sie sprechen ein Gebet und sitzen dann eine Weile da und warten. Dann beginnt das Medium zu sprechen. Das Medium ist die kleine Frau Andersson. Sie kann sehen, wie Menschen, die schon gestorben sind, ins Zimmer hereinkommen und sich hinter die Stühle der anderen Anwesenden stellen, und sie hört auch, was sie sagen. Das berichtet sie dann so nach und nach. Omas erster Mann, der in Paris gestorben ist, kommt manchmal, um Oma Grüße zu bestellen. Das Medium sagt, dass er öfters Maiglöckchen mitbringt. Maiglöckchen sind Omas Lieblingsblumen. Er lässt auch die übrige Verwandtschaft grüßen und sagt, dass er seine Enkelkinder tagsüber begleitet und versucht, ihnen so gut er kann zu helfen.

„Wie dumm, dass du keine Zeit hast", sagte ich enttäuscht.

„Ach was, die Geisterbrigade kommt ja erst um sieben! Bis dahin ist noch Zeit. Da kannst du doch einfach herkommen und mir helfen, die belegten Brote zu machen. Von denen kriegst du dann auch ein paar ab, und dann verschwindest du eben, bevor sie kommen ..."

„Ja, prima", sagte ich.

Ich nahm den nächsten Bus und schaukelte davon. Oma und Opa sind in einen Vorort ausgewandert, damit sie es nicht so weit in den Wald haben, wenn sie spazieren gehen wollen. Ich nenne Felix „Opa", obwohl er gar nicht Mamas Vater ist. Oma hatte ihn schon lange vor meiner Geburt geheiratet. Für mich hat es nie einen anderen Opa gegeben, und er eignet sich auch besonders gut dazu. Er geht schrecklich gern mit der ganzen Kinderschar in die Oper oder schleppt uns ins Museum und führt uns stolz seinen Freunden vor, als ob wir seine eigenen Enkel wären.

Bakker steht an Oma und Opas Tür. Olli und Felix Bakker. Sie haben in ihrer Wohnung lauter dunkelbraune Möbel. Die Wände hängen voller Bilder, die Opa gemalt hat, und die Bücherregale sind voller Bücher, die Mamas Vater gehört haben. Hinter der Tür hörte ich etwas krachen.

„Verflixt und zugenäht! Jetzt ist die Zuckerdose im Eimer!"

Ich musste lachen. Bei Oma geht täglich was zu Bruch. Vor allem Teetassen. Zum Fünfundsechzigsten schenkten Mama und Opa ihr je ein Dutzend Teetassen. „Die kannst du immer brauchen", sagten sie.

„Na ja, was macht das schon in hundert Jahren", sagt Oma immer.

Ich hängte meine Jacke auf und ging direkt in die Küche. Oma hatte mir schon ein paar Brote hergerichtet. Opa war ins Konzert gegangen, um die Geisterbrigade nicht zu stören.

„Weißt du, was mir gerade passiert ist?", sagte Oma. „Komm her, ich muss dir was Komisches zeigen!"

Sie führte mich zum Gasherd, unter den sie eine zusammengefaltete Zeitung gelegt hatte, damit der Boden dort sauber blieb.

„Guck dir den Kerl mal an! Weißt du, wer das ist?"

Ich sah ein verschwommenes Zeitungsfoto, auf dem ein ziemlich einfältig dreinschauender alter Mann abgebildet war.

„Der da, das ist ein Herr, den ich einmal heiraten wollte", sagte Oma und lachte. „Das war ein paar Jahre, bevor ich Felix traf. Ich langweilte mich so schrecklich in meinem abscheulichen Büro, dass ich mir einbildete, das müsse doch ganz nett sein. Zum Glück wollte er mich im letzten Augenblick doch nicht haben! Er fand mich nicht repräsentativ genug, sagte er. Stell dir vor, wenn es damals nach meinem Willen gegangen wäre, dann hätte ich Felix nachher nicht mehr heiraten können! Ich finde es zu komisch, dass dieser aufgeblasene Kerl jetzt da liegt, unter meinem Gasherd! Das geschieht ihm gerade recht! Aber so ist es eben: Wenn es nicht sein soll, dann wird auch nichts draus ..."

„Du glaubst ans Schicksal, Oma", sagte ich. „Das kann ich nicht. Ich tu nur so, als ob es eines gäbe."

„Nein, ans Schicksal glaube ich nicht", sagte sie. „Aber an Gott. Ich glaube, dass alles einen Sinn hat."

„Wieso glaubst du das?"

„Ich weiß nicht recht. Aber mir kommt es doch so vor, als ob hinter dem Ganzen eine Art Zusammenhang bestünde. Natürlich glaube ich nicht an irgendeinen alten Mann über den Wolken – dann schon lieber an eine weise alte Frau –, aber dafür an eine gute Kraft, die über alles herrscht."

„Hast du das auch damals geglaubt, als Mamas Vater starb?", fragte ich.

„Njaa – anfangs wohl nicht. Aber dann. Damals war ich ja so verzweifelt, dass ich nicht wusste, wie ich weiterleben sollte. Ich wurde beinahe verrückt. Eines Tages, als ich mit meiner Mutter draußen im Wind spazieren ging, sagte ich: ‚Siehst du, wie die Zweige an dem Baum da wehen und winken? Das ist Elis, der mir winkt!' Da sah sie mich so besorgt an, als würde sie um meinen Verstand fürchten. Ich begriff, dass ich vorsichtig sein musste, um sie nicht zu erschrecken. Bald darauf lernte ich jemanden kennen, der ein Medium kannte, und dann wurde alles wieder gut. Seither habe ich jedes Jahr mit Elis gesprochen."

„Elis Undal. Wen hast du lieber, Elis Undal oder Felix Bakker?"

„Natürlich habe ich beide gleich lieb", sagte Oma. „Aber auf unterschiedliche Art und Weise. Sie sind ja ganz verschiedene Menschen. Übrigens kannten sie sich gut. Felix war mit Elis befreundet. Er kam eines Tages vorbei und klingelte an der Tür und fragte nach Elis, er wusste nämlich nicht, dass Elis gestorben war. Und so lernten wir uns kennen!“

„Du hast wirklich Glück, Oma!“

„Ja, wenn man das als Glück bezeichnen soll“, sagte sie. „Vielleicht war es ja so vorherbestimmt!“

Ich sagte nichts, weil ich sie nicht traurig machen wollte. Aber ich glaube nicht an Gott. Ich könnte nur an einen guten Gott glauben, und ein guter Gott kann all die schrecklichen Dinge, die es auf der Welt gibt, nicht geschehen lassen.

„Jeder wird nach seinem Glauben selig“, sagte Oma. „Ich sehe dir an, dass du nicht meiner Meinung bist, aber wir können uns ja trotzdem vertragen? Möchtest du noch ein Brot mit Leberpastete drauf?“

„Wenn ich irgendwann mal gläubig werde, darf ich dann bei einer Sitzung der Geisterbrigade dabei sein?“

„Schon möglich! Warum ist es denn so schwierig, daran zu glauben, dass die Seele weiterlebt, obwohl der Körper zerstört werden kann? Die Luft ist doch immerzu voller Radiosendungen, auch wenn die Radioapparate kaputt sind“, meinte Oma.

Ich machte eine ganze Reihe Käsebrote und verzierte sie mit gekreuzten Gurkenscheiben.

„Kann dein Medium auch in die Zukunft schauen und mir sagen, ob Pelle und ich uns je wiedersehen werden?“

„Nein, das glaube ich nicht“, sagte sie. „Unser Medium ist nicht besonders tüchtig. Sie ist mehr Frau Andersson als Medium. Aber sie tut, was sie kann. Und so höre ich wenigstens ab und zu etwas von Elis und meinen Geschwistern

... Aber ich finde, dass du nicht so viel über deinen Pelle grübeln solltest. Das wird bestimmt wieder gut, auf die eine oder andere Art. Denk lieber mal an etwas anderes ..."

„Das kannst du leicht sagen!"

„Ja, das kann ich. Aber das kannst du im Laufe der Zeit auch. Ich habe jetzt so ein langes Leben hinter mir, da darfst du mir ruhig glauben! Obwohl ich oft verzweifelt war, möchte ich doch kein einziges Stück meines Lebens hergeben – nicht einmal das allertraurigste Stück! Man lernt davon und wird stärker ..."

Ich wollte nicht noch mehr hören.

Ich hatte überhaupt keine Lust, so ein Kraftprotz zu werden. Jetzt wollte ich heimgehen und nachsehen, ob Pelle Verstand genug gehabt hatte, mir zu schreiben.

Der erste Tag meines restlichen Lebens

Wenn man morgens aufwacht und den Spalt neben dem Rollo anguckt, kann man sich einbilden, draußen sei schönes Wetter, weil der Spalt so stark im Dämmerlicht leuchtet. Doch wenn man das Rollo hochzieht, sieht man, dass es draußen ganz grau ist. Hässlich, trüb, zugemauert. Komisch, dass man trotzdem aufwacht, obwohl alles so sinnlos ist.

Mama stand in der Badewanne unter der Dusche und sang, dass es durch die Wände schallte. Sie singt, wie es ihr gerade in den Sinn kommt, mal laut, mal leise. Immer kommt zuerst ein freches Lied, dann ein schönes, und zwischendrein kommen verschiedene kleine Triller. So kann sie stundenlang singen.

„Komm her, meine Kleine, schwing deine schönen Beine!
Sing he und sing ho!", sang sie. Dann kam das Lied:

„So schimmernd lag das Meer,
so lieblich lag der Strand,
so blühend lagen Felder und Wiiiiesen ...“

Ich stand auf und wollte zu ihr ins Bad gehen, doch Vesle kam mir zuvor. Sie riss die Badezimmertür sperrangelweit auf, sprang geradewegs in die Dusche und schlang die Arme um Mama, bevor Mama dazu kam, das Wasser abzustellen.

„Oh, wenn du so singst! Dann finde ich dich richtig schön!“, rief Vesle und legte die Hand auf Mamas Bauch. Mama legte ihre Hand auf Vesles Hand und sang weiter:

„... und die Blumen dufteten so lieblich,
als du bei miiir warst ...“

Sie warteten beide, bis das Lied zu Ende gesungen war. So ein Lied braucht seine Zeit.

„Ein Glück, dass wir den Schlafanzug abgeschafft haben! Sonst wärst du jetzt klitschnass, meine kleine Gurke!“, sagte Mama.

Sie wickelten sich beide in Mamas Bademantel ein und trabten zusammen ins Schlafzimmer. Ich ging langsam hinterher. Manchmal hat man das Bedürfnis nach Familie: Man will sie anschauen und ihr zuhören und mittendrin sein, vor allem, wenn man traurig ist. Anstelle der eigenen Gedanken, die einen allmählich nerven, will man Familienleben sehen. Ich habe es satt, traurig zu sein.

„He und ho!“, hörte ich.

Charlie Karlsson wanderte in Papas Bett umher und gab dabei ein Promenadenkonzert.

„He und ho! He und ho!“

Papa lag in der Mitte, er wurde betreten, besetzt, überrumpelt, behüpft und überfallen. Jedes Mal, wenn Charlie in Papas Hand hineintrat, rief er: „He und ho!“ Manchmal hob Papa die Hand an, sodass Charlie umpurzeln musste. Charlie war glücklich, aber Papa wirkte etwas geistesabwesend.

Jetzt trat Mama ans Bett und blieb an der Bettkante stehen. Vesle streckte den Kopf aus dem Bademantel und sah zu, wie Mama sich bückte und Papa küsste. Das dauerte auch ziemlich lang.

Die haben es gut, die haben sich schon gefunden, dachte ich. Ich ging in mein Zimmer und nahm ein Gedichtbuch in die Hand. Mama kam vorbei und schaute zu mir herein.

„Du bist so glücklich, und ich bin so unglücklich“, sagte ich.

Mama umarmte mich. „Wieso?“

„Du hast Papa, aber ich hab keinen Pelle. Ich werd ihn nie mehr sehen“, sagte ich.

„Kannst du um hunderttausend Kronen wetten, dass du Pelle in deinem ganzen Leben nie mehr sehen wirst? Ehrenwort?“, fragte Mama.

„Ja, beinahe“, sagte ich.

„Nein, das kannst du gar nicht! Und du weißt auch nicht, ob du ihn überhaupt noch willst, wenn ihr euch begegnet. Dann kennst du vielleicht jemanden, den du genauso gern hast oder sogar noch mehr! Das ist ja das Tolle am Leben, dass es noch viel besser werden kann, als man es sich je vorgestellt hat. Wie oft muss ich dir das noch sagen?“, sagte Mama und gab mir einen Kuss.

Aber ich wollte Mama nicht gewinnen lassen. „Zwischen Pelle und mir ist es aber *wirklich* aus. Das war es schon, bevor er wegzog.“

„Also gut, dann war es eben aus“, sagte Mama. „Ist das denn so schrecklich wichtig? Vor dem Schluss lag schließlich all das Schöne, das ihr im Laufe von zwei Jahren miteinander erlebt habt. Und der Schluss dauerte doch nicht so lange, oder? Dann darfst du doch nicht bloß mit dem Schluss rechnen. Das ist doch wie die Brotkante von dem Ganzen. Die kann man abschneiden und an die Hühner verfüttern!"

„Ich geh heute nicht in die Schule! Verdammt, verdammt, verdammt!", ließ sich Jeppe plötzlich vernehmen.

„Jetzt fängt der auch schon an!"

Mama wandte sich Jeppe zu und erfuhr, dass heute das Einmaleins abgefragt werden würde. Jeppes Lehrerin ist schwer auf Draht, sie hat es sich in den Kopf gesetzt, dass alle bis zum Ende des Schuljahres das Einmaleins wie am Schnürchen können sollen. Jeppe hat große Probleme mit dem Neuner, weil der Achter so ähnlich ist, behauptet er.

Ich musste wieder daran denken, wie gut Mama es hat. Immer will irgendjemand, dass sie zu ihm kommen soll, alle rufen nur nach ihr und wollen sie festhalten.

Ich zog mich rasch an und knallte die Sauermilchschüsseln auf den Tisch. Vesle saß schon da und schaufelte trockene Haferflocken mit Zuckerbergen in sich hinein. Sie kann Sauermilch nicht ausstehen. Wenn es ihr beim Essen so zum Mund herausstaubt, sieht sie entsetzlich aus. Aber vergnügt war sie.

„Jetzt sitze ich neben Lotta. Sie will nämlich neben mir sitzen", erklärte Vesle. „Heute gehen wir früher in die Schule, weil wir Himmel und Hölle hüpfen wollen, bevor die anderen kommen. Nur wir zwei!"

Vesle hüpfte zur Tür hinaus. Einen Arm hatte sie schon im Mantel, mit großen Schwierigkeiten gelang es ihr, den anderen Arm in den zweiten Ärmel zu stecken und gleichzeitig die Tür zuzumachen. Mir blieb nichts anderes übrig, als mich ebenfalls auf den Weg zu machen.

Als ich auf die Straße hinauskam, war Vesle noch da. Sie

kauerte am Straßenrand und hob etwas auf. Wenn es nachts geregnet hat, ist unsere Straße ganz blank. Aus den umliegenden Gärten kommen dann die Regenwürmer durch die Feuchtigkeit angekrabbelt und kriechen auf die Fahrbahn hinaus. Und dann finden sie allem Anschein nach nicht mehr nach Hause. Die ganze Straße ist schließlich voll von diesen hirnverbrannten Regenwürmern. Vesle saß jetzt da, hob Regenwürmer auf und legte sie auf den Rasenrand. Dabei schluchzte sie herzzerreißend. Es ist schrecklich schwierig, Würmer zu packen, sie winden sich und rutschen einem aus den Fingern.

„Was ist los? Warum weinst du?“, fragte ich.

„Ich komm nicht weiter wegen der Würmer!“

„Ach was, du brauchst doch bloß hinüberzugehen“, versuchte ich sie zu ermuntern. Ich glaubte, sie fürchtete sich davor, auszurutschen. Ich hatte vergessen, dass Vesle alle Geschöpfe auf der ganzen Welt liebt.

„Das geht nicht! Wenn man auf sie tritt, gehen sie kaputt. Dann sterben sie!“

„Ich kann dich tragen“, schlug ich vor. „Ich kann lange Schritte machen …“

„Nicht über alle“, sagte Vesle mit bebender Stimme. „Das geht nicht. Auf irgendeinen musst du auf jeden Fall treten!“

Ich wollte schon sagen, einer mehr oder weniger sei doch nicht so schlimm. Aber das gilt nicht, wenn man mit Vesle spricht. Wenn sie noch rechtzeitig zu Lotta kommen sollte, musste ich so viele wegräumen, dass kein Einziger mehr gefährdet war. Ich bückte mich und begann, ihr zu helfen. Jetzt hatte Vesle sich auch beruhigt. Sie hob einen Wurm nach dem anderen mit ihren kleinen, dünnen Fingern auf. Da wir jetzt zu zweit arbeiteten, schöpfte sie wieder Hoffnung.

„Ich schaffe es nicht, bevor die anderen kommen. Aber dann muss Lotta eben warten“, sagte sie.

„Doch, natürlich schaffst du das“, sagte ich. „Hier ist schon ein langes freies Stück, hier kannst du gehen …“

„Aber es sind doch noch Tausende übrig! Wir können sie doch nicht alleine lassen, dann kommen andere Leute und treten auf sie drauf! Und dann kommen Autos und fahren einfach über sie hinweg, weil sie die Regenwürmer nicht sehen!“

Jetzt verstand ich das wirkliche Ausmaß von Vesles Kummer. Sie konnte unmöglich in die Schule gehen, bevor jeder einzelne Regenwurm gerettet und in Sicherheit war! Es war zum Verrücktwerden!

„Bei dir piept’s wohl“, sagte ich. „Wir können doch nicht jeden einzelnen verflixten Regenwurm auflesen!“

„Doch! Doch! Das müssen wir!“

Vesle begann wieder zu weinen. Sie geriet ganz außer sich, als ihr aufging, dass ich nur an sie dachte und nicht an die Würmer. Verrückte, liebe kleine Vesle! Die Tränen kullerten ihr aus den schiefen Augen und tropften ihr von der Nasenspitze.

Da hatte ich eine Idee. „Du brauchst dir keine Sorgen mehr zu machen“, sagte ich. „Ich weiß, was wir tun können! Wir nehmen den Gartenschlauch und spritzen sie damit an den Rand zurück!“

Vesle stand langsam auf. Sie hörte auf zu weinen und machte ein so verdutztes Gesicht, als ob ich die Erfindung des Jahrhunderts gemacht und die Menschheit gerettet hätte. Dann strahlte sie vor Glück. Sie umarmte mich heftig.

„Oh Sylvia, du bist ja so lieb!“, rief sie.

Sie balancierte auf den freigelesenen Stellen über die Straße und blieb am anderen Ufer stehen.

„Rettest du sie auch ganz bestimmt?“, fragte sie.

„Ich verspreche es dir!“

Endlich hüpfte sie davon. Ich überlegte, ob ich die Wurmrettungsaktion tatsächlich in Angriff nehmen sollte, nachdem sie verschwunden war, doch dann brachte ich es nicht über mich, sie und die Würmer zu hintergehen. Ich schleppte den Gartenschlauch herbei und spritzte jeden einzelnen Selbstmordkandidaten zurück. Ein kleiner Kerl versuchte zu entwischen und wieder hinauszukriechen, doch das durfte er nicht.

Eigentlich kann ich Vesle verstehen. Ich musste an Fotos denken, auf denen halb tote Menschen aus Hungergebieten oder Vernichtungslagern zu sehen waren. Nein, dachte ich, das darf nicht sein. Menschen dürfen nicht einfach draufgehen, dürfen nicht gegen ihren Willen umkommen. Da mache ich nicht mit.

Ich hatte von einem Mädchen in einem Konzentrationslager gehört, die war genauso alt wie ich. Sie war noch nicht an der Reihe zum Sterben. Ein paar kleine Kinder, die in die Gaskammer sollten, fingen an zu weinen. Da nahm sie die Kleinen auf den Arm und ging mit ihnen hinein, damit sie in den letzten Minuten keine Angst zu haben brauchten. Vielleicht wollte sie nicht mehr leben, vielleicht hatte sie auch ihren Pelle verloren. Vielleicht wäre ich in der Lage, genauso zu handeln. Aber nicht gerade jetzt.

Es ist bestimmt besser, wenn ich noch eine Weile lebe und Vesle helfe, Regenwürmer zu retten, dachte ich. Wie soll sie es sonst schaffen?

Ich warf den Gartenschlauch in den Garten und streckte mich. Es roch nach nassem Gras und leicht nach Flieder.

Jeppe kam angestürmt und wollte vorbei.

„Neun mal acht ist zweiundsiebzig“, schrie er. „Aus dem Weg mit dir, wenn dir das Leben lieb ist!“

„Ja, das ist es!“, sagte ich.

In der Reihe
Süddeutsche Zeitung Junge Bibliothek
sind bereits erschienen:

368 Seiten
3-86615-139-X
978-3-86615-139-0

184 Seiten
3-86615-142-X
978-3-86615-142-0

ca. 176 Seiten
3-86615-144-6
978-3-86615-144-4

ca. 192 Seiten
3-86615-145-4
978-3-86615-145-1